英国喫茶　アンティークカップス
心がつながる紅茶専門店

猫田パナ

富士見L文庫

contents

AntiqueCups

1　遠い記憶

子供の頃、私はあの場所が大好きだった。

「ねえ、これからおじいちゃんのお店に行くんだよね？」

後部座席から身を乗り出してたずねると、助手席のお母さんがこちらに振り向く。

「だからそうだって言ってるでしょう？　まったく何度言わせるのよ」

はあ、とお母さんがため息をもらす。すると運転席のお父さんが笑った。

「ははは、きっとよほど楽しみなんだろう。美宙《みそら》はおじいちゃんのことが大好きだし、お店に行けばケーキも食べられるしね」

「それだけじゃないよ！　キラキラしててピカピカで、全部すっごいから好きー！」

はしゃぎながら私はお父さんにそう答えた。

あのお店の何がすごいかなんて、簡単には言い表せない。

全てが素敵なのだから。

「そうかそうか。まあ確かに、すごいよな」

「でもいいのかしら、先週もうかがったばかりよ……」

お母さんが眉間に手を当て、思い悩んだ顔をしている。

「大丈夫だろ、孫に会えるってだけで親父《おやじ》たちは嬉《うれ》しいんだからさ」

「でも……」

「ほーら。そうこう言っているうちに、もう到着だ」

お父さんはハンドルを切り、砂利敷きの駐車場に入っていく。タイヤが砂利を擦《こす》る音がじれったい。ああ、早くおじいちゃんのお店に入りたい！

エンジン音が止まるとすぐに、私は車のドアを開いてお店へと走り出す。

「こらーっ！　美宙、走るんじゃないの！　危ないでしょ！」

お母さんが大きな声でそう叫びながら慌てて私を追いかけてくる。

「ごめんなさーい」

言いながらも、駆け足で私はお店に近づき、扉に手をかける。

チョコレートみたいな茶色くて重たい木製の扉には、薔薇《ばら》の花をかたどったステンドグラスがはめ込まれている。これ、私のお気に入りの一つ。

ゆっくりと、ドアを押す。すると、頭上あたりでカランコローンと高くて澄んだ音色が鳴り響いた。これも、私のお気に入り！

ドアベルが鳴るとすぐに、カウンターのそばに立っていたおばあちゃんが私の姿を見つけ、こちらに歩み寄ってきた。

「あら美宙ちゃん、よく来たわね」

白髪交じりの短い髪にふわふわのパーマがかかっていて、顔を寄せるとお化粧の匂いがする。笑うと目じりに皺《しわ》が寄り、とっても優しそうなお顔になる。そしてあったかい手のひらで、いつも美宙の頭を撫《な》でてくれるの。

おばあちゃん、だーいすき！

「すみません度々。美宙がどうしても行きたいって駄々をこねるもので……」

申し訳なさそうにしながら、お母さんがお店に入ってきた。続いてお父さんも。

「悪いね、急に来て。今日は忙しかった？」

「いいのよいいのよ。いつでも気軽に来てちょうだい。こっちは美宙ちゃんに会えるのが生きがいみたいなものなんだから」

ねー？　と同意を求めるように、おばあちゃんが私に微笑《ほほえ》みかけてくる。いきがいって、何だろう？　よくわからないけど、私も「ねー」と返しておいた。

「よく来たね、美宙」

カウンターからおじいちゃんの声がして、振り返る。おばあちゃんと同じように白髪交じりの髪をきっちりとオールバックに整え、口髭《くちひげ》を生やしたおじいちゃん。無口だしいつも厳しい表情をしているけれど、本当はとっても優しい、美宙の自慢のおじいちゃんだ。

だっておじいちゃんって、なんだかオシャレな感じがするんだもん。

今日も白いシャツと黒いベストに蝶《ちょう》ネクタイしてて、かっこいい！　お店の家具も、床も、壁紙も、全部がおじいちゃんに似合ってる！

「今日はどのケーキにするんだい？　こっちにおいで」

おじいちゃんにそう言われて、私はカウンター横のショーケースに近づいていく。

おじいちゃんのお店のケーキはいつも同じのが三種類しかない。

レモンの輪切りがのっかってる、丸っこい形のレモンケーキ。

スポンジに赤いジャムが挟まってて、白い粉砂糖がかかっているヴィクトリアサンドイッチケーキ。

茶色いスポンジにチーズクリームがたっぷり塗られ、その上にちょこんと人参の飾りがのっかった、キャロットケーキ。

うーん。どれも可愛《かわい》いから迷っちゃうんだよなあ。

「うーんうーん」

「声に出てるわよ、美宙」

お母さんがぷっと吹き出し笑いした。もう、お母さんったらまた美宙のこと馬鹿にする。

唇を尖《とが》らせながらも、ショーケースを食い入るように見つめる。

「うーんとね、えーっとね、キャロットケーキ！」

私がそう叫ぶと、今度はお父さんが大笑いを始めた。

「まーたキャロットケーキか！　美宙はいっつもそれじゃないか」

「一応ほかのも食べたことあるもん」

思わずキッとお父さんを睨《にら》み付《つ》ける。

「同じのだっていいじゃないの。美宙ちゃんはこれが好きなんだから。ちっちゃい人参がのってて、可愛いものねえ」

おばあちゃんはそう言って、優しく美宙の髪を撫でてくれた。

「うん」

笑われたのがちょっと恥ずかしくて、頬を赤らめながらうなずく。

「じゃああなた、これね」

「はいよ」

おじいちゃんはキャロットケーキを一切れ取り、お皿にのせる。そして私のほうを見て言った。

「ティーカップはどれにする？」

「うーんとねー」

今度は顔を上げ、ショーケースの奥にあるカップボードを眺める。

おじいちゃんの背よりも高い、大きな大きなカップボード。

そこには色とりどりの素敵なティーカップが、たっくさん並んでいる。

「うーんうーん！」

大きな声でそう言いながら、身体《からだ》をくねらせる。これはケーキを選ぶよりも、さらにとっても難しい問題だ。だってどれも違った素敵さなんだもの。

ピンクの薔薇が描かれたお花みたいな形のティーカップ、金色と水色でガーランド模様が描いてあるティーカップ、中国の風景と鳥さんが描かれたティーカップ。

いくつかのカップは、名前も知っている。お店に来るたびおじいちゃんがカップについてのお話をしてくれるから、覚えてしまったのだ。

「うーんどーしよっかなー。ウェッジウッドかなあ、ミントンかなあ、コウルドンにしようかなー。でもシェリーも捨てがたいしー」

「随分いっちょまえなことを言うんだね美宙は」

お父さんが苦笑している。

「うーんうーん」

迷っている私の隣で、お母さんがまた余計なことを言い出す。

「お義父《とう》さん、美宙はまだ小学一年生だし、そんな上等なカップじゃなくても……」

「美宙は素敵なティーカップ使いたいの！」

思わず頬を膨らませる。絶対にあの素敵なカップで紅茶を飲みたいもん！

「だってあんた、もし割りでもしたら……」

不安げな顔で、お母さんが私を見る。

うう、美宙割らないよ……。

とそこに、おじいちゃんが助け舟を出してくれた。

「大丈夫だろう、美宙はカップを大事に扱うから」

「おじいちゃん……！」

うるうるした瞳でおじいちゃんを見つめる。ありがとうおじいちゃん、美宙のこと信じてくれてるんだね！

「まあ、お義父さんがそうおっしゃるなら……」

お母さんもしぶしぶ承諾してくれた。

カップを選んで席に着き、紅茶とケーキが運ばれてくるのを待つ。

おじいちゃんのお店は紅茶専門店だ。飲料は紅茶のみ。コーヒーやジュースは置いていない。なんでなの？　と一度お父さんに聞いたら、おじいちゃんが頑固だからだと言っていた。

待ちきれなくて足をパタパタ揺らしていたら、お母さんに膝を軽くペシッと叩《たた》かれた。

「お行儀悪いわよ」

お母さんはこの店に来るとちょっとソワソワする。きっとオシャレな場所だから緊張してしまうのだ。逆にお父さんは伸び伸びしている。

「ねえ、お母さんは何の紅茶にした？」

そっと私がたずねると、お母さんはニヤリとしながら答えた。

「アールグレイ。お母さん、ここのアールグレイ美味《おい》しくて大好きなのよぉ」

「ふぅん。お父さんは？」

「お父さんは、おじいちゃんにおすすめされたダージリンファーストフラッシュ」

「ふぅん」

「美宙は？」

お父さんにたずねられ、私は答えた。

「ロイヤルミルクティー！」

プッとお父さんもお母さんも吹き出した。私がいつも、ロイヤルミルクティーしか頼まないからだ。

「いいでしょ別に」

そう言って頬をぷう、と膨らませていたら、おばあちゃんがポットとカップをのせたトレーを持ってやって来た。

「はい、こちらが美知留《みちる》さんのアールグレイ、こっちが星夜《せいや》のダージリンファーストフラッシュ。そして……おまちどおさま。美宙ちゃんのロイヤルミルクティーよ」

「ありがとうおばあちゃん！」

目の前に置かれたティーカップに、思わず見とれる。金色の縁取りで、お花の柄がソーサーとカップの表面に細かく描かれていて、とっても素敵。まるで昔の西洋の貴族になったみたい！

「ねーおじいちゃん、このカップのお話きかせて！」

私がそう言うと、おじいちゃんは食器を洗っていた手を止め、カウンター越しに言った。

「ちょっと待ってなさい、今すぐ行くから」

そして駆け足で私の元へやって来て、話し始めた。

「このカップはリッジウェイという窯の一八五〇年代のものでね……」

その様子を見て、おばあちゃんはふふふと笑った。

「あらあら、うんちくが始まっちゃったわね。それじゃあお話の間に、おばあちゃんはケーキの用意をしてきましょう。美知留さんも遠慮せずに食べていったら？　アールグレイにはレモンケーキが合うわよ」

「あっ、じゃあすみません、それを……」

遠慮がちにお母さんが答えると、すかさずお父さんが言った。

「じゃあ俺、スコーンちょうだい。クロテッドクリームつきで」

「はいはい」

おばあちゃんは笑いながら、忙しそうにカウンターの奥へと戻っていく。

「ごちそうさまでしたー」

ケーキを食べ終え、甘いロイヤルミルクティーを飲み干したら、なんだか眠たくなってきちゃった。

「ちょっと美宙、こんなところで寝るんじゃないわよ?」

「うん……」

だめだ、目がトローンとする。

「美宙ちゃん、お昼寝のお時間かしら?」

「それじゃあそろそろ帰ろうか。親父《おやじ》、ごちそうさま」

「ああ、気をつけてな」

「お義母《かあ》さんいつもすみません……。これ、大したものじゃないんですが、実家から届いたトマトときゅうりです。たくさん届いてうちじゃ食べきれなくて……」

「あら、助かるわぁ、美知留さんありがとう」

「美宙寝ちゃったみたいだなあ。こりゃあ抱っこして車まで運ばないとだ」

大人たちが何か喋《しゃべ》っているけれど、頭がうまく回らない。私はテーブルにぴったりとほっぺをくっつけ、眠気に身体をあずける。あったかくてふわふわして、気持ちいい。

夢の中、色とりどりのカップたちがカップボードから飛び出して、私に話しかけてくる。

ふとあたりを見回すと、私は草花の咲き乱れる草原に立っていた。

「美宙、あそぼ?」

花柄の白いワンピースを着た女の子が駆け寄ってきて、楽しげに私の顔を覗《のぞ》き込《こ》む。

「うん」

私は答えて手をつなぐ。いつのまにか、私の周りには色とりどりの服を着た子供たちが集まってきていた。

美宙ちゃん美宙ちゃん、今日は何して遊ぼうか？

お花の形のカップは女の子に。青空みたいな色のカップは男の子になって。

私はカップのみんなと手をつないで踊り出す。

ああ、私おじいちゃんのお店、大好き。

2　居場所を求めて

「まいどありぃ。おじょーちゃん、気を付けて帰んなよー」

「あっはい、すいませんでした、ほんとに……」

ペコペコ頭を下げながら居酒屋の暖簾《のれん》をくぐる。

ポケットからスマホを取り出す。良かった。まだ午後十時半か。終電までは余裕あるから別に焦らなくていいな。

残業して会社を出たのが午後八時頃。その後あのいきつけの安居酒屋に直行しておでんと焼き鳥を好きなだけ頼んで、生中一杯と日本酒の冷酒二杯飲んだあたりまでは記憶あるんだけど……。

「まさか一人で居酒屋行った上、店でガチ寝するようになるなんてね……」

早めに起こしてもらって助かった。終電なくなってたらどうしてたんだよ私。

家までタクシーで帰れるほど裕福じゃないっての。

人ごみをすり抜け、足早に駅へと向かう。そういえば人ごみの中を歩くの、随分うまくなったよなあ私。昔はこんなに思うままに前に進めなかったもん。

で、改札へ直行……しようとしたんだけど、駅のホームが人でぎゅうぎゅう詰めになってるのを見て、さすがにひるんで足が止まってしまった。えっなんであんな混んでるの？

と、その時。アナウンスが流れた。

「えー現在、中央線《ちゅうおうせん》は人身事故の影響で運行を停止しております。運転再開まで今しばらくお待ちください。なお、もうまもなく運転再開の見込みです」

ああ……。それであんなにホームに人が。電車に乗れず立ち往生していた人たちが、集結しつつあるってわけね。

……私、そんなに急いでませんので。三十分後にまた来ます。

くるりと踵《きびす》を返し、駅ビルに続くエスカレーターに乗り込んだ。ここの駅ビル、最上階の飲食店街は夜十一時まで営業だから、まだしばらく時間潰せるはず。

そうしてエスカレーターで最上階まで上ったものの、お腹《なか》が空《す》いてないからどこの店にも入る気になれず、フロアのベンチも人で埋まっていて、私は仕方なく缶コーヒー片手に無料開放されている寒々しいテラスのベンチに腰掛けた。

「うわ、冷える」

思わずそんな独り言をもらす。まだ三月だもんなあ。手元のあっつあつの缶コーヒーくんだけが頼りだ。あんまり長居はできなさそうだな……。

見上げれば夜空。わー、都会だから星見えないなー。

こんな気分の時は、綺麗《きれい》な星空でも見たかったのに。

そう。こんな最悪な気分の時にはね。

「はあ……ツラ」

最近もう、仕事がしんどい。お局様《つぼねさま》には面倒な仕事ばかりをふられるし、仕事量ただでさえ多いのに新人の教育も任されちゃうし。同僚はこっちが大変でも見て見ぬふりだし。

——そんで今日は、自部署のミスに気づいてしまったがために、修正作業に追われたりあちこちに謝って回らなきゃならなくなるし。

真面目に仕事してるのに、上司に評価されてる実感もないし。

「なんか結構、疲れたかも……」

だから飲みすぎちゃったんだよね。あの安居酒屋で。

っていうかこんなに働いてるのに給料も大して上がらないから未《いま》だに安居酒屋しか行けないし、狭くて駅から遠いワンルームのアパートに住み続けているし、ブランド物の服やバッグなんて手が届かないし。

私が想像していた大人と、なんか違う。

……と、そんな時でもライトアップされたショーウインドウに目が行った。

「あっ、あの雑貨屋さん素敵。開いてたら見たかったな……」

もう店は閉まっているけれど、ショーウインドウに並べられた小物たちがとっても可愛《かわい》らしい。

やっぱり東京だから、素敵な物がたくさん溢《あふ》れているんだよなー。地元にはこんなに最先端のオシャレな店がいっぱい集まっているような場所はないもの。

そうそう、私もともと、キラキラした人や物が集まる場所だから、東京に憧れてたんだよね。それで反対するお母さんを説得して、こっちの大学に進学して、そのままこっちで就職して。

でも最近は、そういう素敵な物と向き合う時間も精神的ゆとりもない。

残業して帰って、くたびれてやっとのことでご飯食べて寝るだけ。

仕事が大変で何度か誘いを断っているうちに過去の友達グループとは疎遠になっていき、休日に遊べる友達もすっかりいなくなってしまった。昔は学生時代の友達と旅行に行ったりしてたのにな。

それに、もしこっちが遊びたい気分になって勇気出して誰かに声をかけようにも、もうみんなの環境も変化してしまっているのだ。結婚して赤ちゃんが生まれてそれどころじゃなかったり、仕事の都合で土日は休めなかったり、地元で就職していたり。

「もう、二十八歳だもんな」

東京に来て十年か。

なんか私……孤独になってない？

会社以外で人とのつながりないし、会社の同僚にもプライベートで遊ぶような仲の人はいない。

むしろ最近は、職場の誰に対しても心を閉ざすようになってきてしまった。だって淡々と業務をこなすようにしたほうが、まだストレスが軽くて済むんだもの……。

と、その時、後ろから声をかけられた。

「あれ、香山《こうやま》？」

「へっ」

びっくりして振り返ると、そこには同期の桜井《さくらい》の姿があった。ちょっと前まで頼りない新入社員風だった気がするのに、今はステンカラーコートを羽織ったスーツ姿が様になっている。そういえば桜井が営業部に配属になってからは、フロアが違うから顔を合わせることも全然なくなってたんだよな。

「久しぶりだね。驚いちゃった」

私がそう言うと、桜井は顔をクシャッとさせて笑ってから、心配そうな顔で言った。

「香山、まさかこんな時間まで残業だったわけ?」

「違うよ、この辺でご飯食べてたの。それで帰ろうとしたら中央線止まっちゃってて。しばらく混雑しそうだったから、ここで時間潰してた」

「なんだ、そうか。うちの会社ブラックだから、香山がめっちゃ残業させられてんのかと思った」

「違う違う。うちの部署はそこまで残業することは……。桜井こそ、まさか今まで残業してたわけじゃないでしょう?」

たずねると、桜井は首を横に振った。

「接待の飲み会。最近あちこちの得意先と飲んでばっかで、まじ胃が休まらねえよ。次の健康診断、絶対ひっかかるな」

「なんで、そんなに……」

営業部だから仕事柄接待をすることもあるだろうが、最近は会社の状況も良くないからそういう費用はなるべく減らすようにと上から圧がかかっている。接待交際費の領収証を処理する機会もめっきり減ったし、そんなに連日飲み会なんてこと、ないと思っていたんだけれど。

「いや〜、実はさ」

桜井は頭を掻《か》き、ちょっと迷ったような仕草をしている。

「え、なになに？　教えて」

久々に同期と話せたからか楽しい気分になってきて、声を弾ませてそうたずねた。まだお酒が残っているせいもあったのかもしれない。もう最近は、社内の人とこんな風に砕けた会話をすることも少なくなってきていたから……。

桜井は用心深くきょろきょろあたりを見回してから、人差し指を唇にあてた。

「これ、オフレコな。実は四月から浜松《はままつ》に異動になってさ」

「浜松？　ちょっと遠いね……」

遠方に異動になることはうちの会社ではめずらしい。浜松っていったら浜松支店かなあ。

桜井、東京の本部から地方の支店勤務になるのか……。

なんてことが脳裏をよぎったのだが、どうやら違ったようだった。

桜井は嬉《うれ》しそうに笑いながら言った。

「俺、来月から中部第一営業部の係長に昇進することが決まりましたーっ」

「えっ……」

思わず言葉を失った。二十八歳で係長って、うちの会社ではかなりのスピード出世だ。

しかも中部第一営業部っていったら、結構重要なポジション……。

そっか、中部第一営業部のビル、浜松にあったんだ。

「す、すごいね。おめでとう」

慌ててそう言うと、桜井はありがとう、と嬉しげに答え、まだ何か言いたそうに髪をいじり始めた。

「あともう一個報告があってさ……」

「えっ？」

何をそんなにあらたまって。異動以上に大きな報告なんて。

「実は俺、結婚するんだ。総務部に及川《おいかわ》って子、いるだろ？　その子と」

「え、うそ」

びっくりした。及川さんって、まだ入社二年目だよ？　小柄でアイドルみたいに可愛くて、モテそうなタイプの女の子だったな。

――みんな、仕事が大変な中でも、そうやって恋愛とかしてるんだ。当たり前だけど。

私なんて、もう何年も彼氏いないし、会社の誰かからデートや合コンに誘われたことさえもない。

いや、私がそう望んでいたからそうなっただけなのかもな。飲み会も最低限しか参加し

ないし、昔はプライベートで遊びに行くようなお誘いも二、三度受けたけど断っちゃって
た。会社でも仕事だからと割り切って、なるべく人に感情移入しないように淡白に振る舞
って。最近は会社にいる時間も辛《つら》いばかりで……。
「どーした、香山？　急に黙って。そんな驚いた？」
「あっ、ごめん。色々思い返しちゃって」
「何を思い返すんだよ～。あんま詮索するなよなー」
こっちの気も知らずに桜井は笑っている。私も仕方なく作り笑いを浮かべたけれど、あ
まりうまくは笑えなかった。
「まーこれからはあんま顔を合わせることもなくなるだろうけど、お互い人生楽しもうぜ。
ってなわけで、俺はそろそろ帰るわ。香山も早めに帰れよ」
「あっ、うん」
桜井は軽く手を振った後、ポケットからスマホを取り出しどこかに電話をかけながら去
っていった。及川さんに電話してるのか、仕事の関係での電話なのか。
わからないけど、どっちにしろ私は取り残された気分。
私は桜井みたいに出世しようと思って仕事をしているわけじゃない。もちろん業務には
真面目に取り組むし、無責任な仕事はしたくないタイプだ。でも上の役職につくことを目

標にはしていない。

　今まではそれでいいと思ってた。でもこれから先、どんな気持ちになるのかな。同期や後から入った子たちがどんどん上に上がっていって、私は今のままのポジション？　真面目に仕事しているのに、自分が評価されていないみたいで惨めな気分になるかもしれない。

　そして私、特に結婚したいって気持ちが強いわけでもない。一人で過ごすのは昔から好きなほうだし。第一今のままだと彼氏なんかできそうにない。どこで知り合って、どうやって親睦を深めていったら恋人ができるんだろう。見当もつかない。

　それどころか私、ここ最近誰かと心の底から笑い合うようなことさえも、ないよ。

「私って……」

　缶コーヒーを手に夜空を見上げる。星は見えないけど、雲の切れ間から細い三日月が姿を現した。でも徐々にその三日月も涙でぼやけていく。

　誰にも顔を見られたくなくて、フェンスの近くまで歩いていった。金網の隙間から視線を下に向けると、都会の夜景が広がっている。林立する大きなビルの中で、数えきれないほどたくさんの人たちが今も働いていて……。

「私って、なんのために生きているんだろう」

　友達もいない。職場に気を許せる人もいない。彼氏もいない。

ただただ、生きていくための労働に生きる気力を吸い取られて、身動きのとれない日々。最近は休みの日でも疲れがとれなくて、ぐったりしていることが多い。たまに気力のある時に一人で雑貨屋さん巡りをしてみても、居酒屋で美味《お い》しいものを食べても、楽しいのは一瞬で、どこか虚《むな》しくて。

私今、二十八だから、これをあと……最低でも三十二年繰り返すの？

いや、この先はもっと地獄になるのかな。見た目も老けていっておばさん扱いされるだろうし、身体《からだ》もあちこち悪くなっていくだろうし、退職するまでにお金も貯《た》めておかないと。

考えるだけでぐったりしてきた。

なんの楽しみもなく、この先何十年もこのまま……。

「私……こんなに辛い思いをして、なんのために生きて……」

ぽろぽろ、目から涙が溢れてきた。お酒が残っているから気が緩んじゃってるのかな。

涙が止まらない。

もう、誰とも心のつながっていない日々に、疲れたよ。

例えばこのフェンスを、もし飛び越えたら……。

自分が消えてなくなるって、どんな感じなのかな。

高い場所から下を眺めていると、自分の身体がぐいぐい吸い込まれていくような感覚に陥る。

私、もしかして、少しの勇気を出せば……。

――とその時、私の脳に何かが走った。

「あっ、ちょっと待って……。これ……最近、見た」

ちょうど同じ感じのやつ、つい最近、なにかで見た！

「確か……」

急いでポケットからスマホを取り出し、SNSを起動した。ちなみに私は結構SNS中毒気味で、会社の休憩時間も夜寝る前も休日も、ほとんどSNSに張り付いている。SNSを通じて世界と触れ合うことで、孤独な生活にもなんとか持ちこたえてきたのだ。

画面を凝視しながらタイムラインをさかのぼる。だめだ、もう何時間も前のだから流れちゃってるな。でもあれはいいねをしたかも。

自分のアカウントのいいね欄をさかのぼること三十秒。私はようやくそれを見つけた。

「これだっ」

食い入るように、その文面を読み直す。

【なんのために生きているのかわからなくなったら危険サイン。希死念慮《きしねんりょ》が浮かぶような

らなるべくすぐに環境を変えて。あなたの居場所はどこかに必ずあるから。今の場所がたまたま自分に合ってないだけ】

「居場所は……必ずある……」

居場所か。

私、今、どこにも居場所がない感じがする……。

私はただ真面目に仕事をして、その対価にお金をもらってつつましくも幸せで穏やかな日々を過ごしたいだけなのに、全然そうなってない。

心穏やかに過ごせてない。

「私の居場所、どこに……」

私はぼーっと、夜景の先を眺める。星屑《ほしくず》みたいに細かい光の粒が描き出す地平線の向こう側。そのどこかに、私の居場所があるのかもしれない。

「帰るか……実家……」

そうつぶやいた途端、腰が抜けたように私はその場にへたり込んだ。

両足がかすかに震えている。

ああ、私さっき、本当に死にたいって思っていたのかもしれない。

3　おじいちゃんのお店

十年ぶりの、実家生活。

いや、まあ実家に帰るのが十年ぶりってわけじゃない。東京に出てからも、半年に一度くらいは実家に帰ってきていたから。

でも盆と正月に数日帰るのと、ずっと実家で生活するのとではわけが違う。

最初、私が仕事を辞めて実家に帰ると言い出した時の母親の反応はとても優しいものだった。

「あんたよく今まで、一人で東京で頑張ったじゃない。ここ二、三年くらいは元気のない様子だったから、ずっと心配してたのよ。あんたの家なんだから、いつでも帰っておいで」

おかあさぁ～ん、と泣き叫びたい気持ちになり、帰る家があることに心から感謝した。

だが、実家に帰ってから二週間。状況はすっかり変わってしまった。

今日も朝から、母親が騒がしい。

ダイニングで遅めの朝食（午前十時）にチーズトーストを食べていたら、掃除機片手に意気揚々と乗り込んできた。

「あんたね、いつまでもダラダラクヨクヨしてたって仕方がないわよ！　まさかニートにでもなるんじゃないでしょうね。早くハロワ行って仕事探してきなさい！」

な、なんなの。朝っぱらからこの剣幕……。

「だから昨日も言ったけど、まだ色々手続きも済んでいない段階なんだし私もちょっとは心を休めたいのよ……。一応ネットの転職サイトでこの辺の求人のチェックはしているし」

「やってるんならいいけど、お母さんあんたが心配なのよー。暗い顔して愛想もないし、どこかで雇ってもらえるのかどうか。この辺じゃ求人も少ないでしょうに」

「そりゃあ少ないけど仕方がないでしょ。将来のこと考えて貯金を増やすためにも、この家から通える範囲でなるべく就職したいと思ってるし……」

「あっそうだ！」

お母さんは大きな声で言った。

「もう結婚しちゃえばいいんだわ！」

「な、なに言ってんの……」

「そうだそうだ。お母さんちょっとあちこち声かけて、お見合い取り付けてくるから」

「やめてよ……むやみに縁談持ってこられても断るのが大変だったら嫌だし」

「なに贅沢《ぜいたく》言ってんの。仕事するか結婚するかしないとあんた生きていけないでしょーが」

そう言うと、ウィーンウィーンと大きな音をたてながら掃除機をかけ始めた。

まだ私がご飯食べてるのに掃除機かけるなんて酷《ひど》くないですか、お母様？

っていうかなんか言動の全てが荒ぶってない!?

勘弁してよ……。

仕方なく、トーストののった皿とマグカップを持って二階の自室に移動する。こんな埃《ほこり》っぽい場所で食事なんかする気になれない。

すると、廊下でお父さんとすれ違う。

「どうした、自分の部屋で食べるのか？」

「だってダイニングはお母さんが掃除機かけてるから……。それに職探しとお見合いの話ばっかりされて気が休まらないよ」

　そう言うと、お父さんは笑った。

「お母さんは美宙《みそら》のこと、すっごく心配しているからなあ。昔からそうだったろう？　美宙が危ないことをしようとすると、いつでもすぐに駆けつけてきて怒ってさ。本気で心配しているからそうするんだよ」

「でも人が食べてるのに掃除機かけるのは……」

　言いかけたら、ダイニングのドアが開き、廊下に向かってお母さんが叫んだ。

「もっと早く起きなさいってことよ！　毎日毎日十時近くまで寝て。香山家《こうやまけ》の朝食は朝七時から八時まで！　ちゃんと早起きしてしゃんとしなさい！」

「これだもん……」

　正直、こっちは都会での生活で精神的に疲弊しきってこうして実家に戻ってきたというのに、こんな扱いをされては気が休まらない。わずかな無職の期間くらい、好きにゆっくり過ごさせてほしい。

　うんざりした顔の私に、お父さんが言う。

「お母さんが昨日見ていたテレビで言ってたんだよ。生活リズムを整えることで鬱病が改善される場合があるから、早起きする習慣をつけましょう、とかって」

「テレビって余計なこと言うのね……。それに私、鬱病じゃないし」

「美宙を思ってのことなんだよ」

もうそれ以上話を聞きたくなくなって、私はため息をもらしながら階段を上っていった。


実家にいても心穏やかに過ごせない。

ここも、私の居場所じゃないんだ。


そうして家族にも心を閉ざし、食事の時間以外はほとんど自室に閉じこもって過ごすようになって数日後……。

お母さんが急にバタン！　と部屋の扉を開けた。

「ちょっと、急にやめてよ。びっくりするでしょ」

思わず文句を言ったが、お母さんは目を吊《つ》り上《あ》げ、仁王立ちしている。

「あんたいい加減にしなさい！　こんなんじゃ身体にも精神にも悪いわ！　せめて一日一回散歩に出るくらいしたらいいでしょうが！」

「そんなこと言っても……別に行きたい場所もないし」

地元の友達にも、会いたい気分でもないし。そもそも連絡とって遊べるほど仲のいい友達も残ってないし。

「お母さんがせっかくご近所さんのツテで取り付けてきた縁談も断るし、ハロワにもほとんど行かないし」

「縁談はいらないって言ったでしょ？　それにハロワってのは毎日行くところではないのよお母さん……」

「あんたね、まだ若いのにそうやって部屋にこもっているくらいなら、おじいちゃんのお店でも手伝いに行きなさい！」

「おじいちゃんの、お店？　あの喫茶店？」

遠い記憶がよみがえる。もうどのくらい行ってないだろう、あの喫茶店。最後に行ったのは高校生の時だったかも……。

っていうかおじいちゃんまだお店に立ってたんだ？　もう八十歳くらいだった気がするけど。

「そうよ。おじいちゃん、あんな歳《とし》とってもお店を一人で切り盛りして忙しく働いてるのよ？　あんた若くて暇なんだから手伝ってきなさい」

「でも私、接客業とか苦手だし……」

「苦手だなんて言っててどうするの。大体山間《やまあい》のこの田舎にどんな仕事があるっていうの？　事務仕事の求人なんかないでしょうが。温泉街での接客業の募集ばっかりよ」

「まあ近場だと確かにそうみたいだけど……」

それでも観光地の接客業なんて私には無理そうだから、多少通勤時間が長くなっても車で山を下って事務の仕事をしようかなって思っているんだけどね。

まあ、それもすっごくしたいわけじゃない。

お金稼がなきゃいけないから、やらなきゃいけないかなと思うだけで……。

「心配しなくてもおじいちゃんは美宙のことが大好きなんだから優しく教えてくれるでしょうよ。ちょうど来週からゴールデンウィークで忙しくなるんだから、その時役に立てるように明日からでも行ってきなさい」

「ええ……」

そうしてまだ私が返事もしないうちから、お母さんはおじいちゃんに電話をかけ始めた。

「あ、お義父《とう》さん今大丈夫ですか？　ええ、そうなんですよ。美宙がこっちに帰ってきましてね、仕事探すっていってもそんなすぐには見つからないものですから……」

五分後。お母さんは通話終了ボタンを押し、晴れ晴れとした笑みを浮かべてこちらに振り向いた。

「明日から来ていいってよ。バイト代も出すって。ゴールデンウィークでお客が増えるからどうしようかと思って困っていたところだったから助かるって。ね、お母さんの言った通りでしょう？」

「そうですか」

はあ、と深いため息をつく。

こういう時のお母さんの行動力、尋常ではない。

お母さんがひとしきり騒いで部屋を去った後、私は押し入れの整理をし始めた。しばらくゆっくり過ごすつもりだったけれど、明日からバイトじゃ忙しくなる。今のうちに不要なものは捨てて、部屋の掃除もしておかなくちゃ。

押し入れの中は私が家を出た十年前からほぼ変わらずそのままの状態だった。透明な衣装ケースの中に、制服、昔部活で使ったユニフォーム、教科書やノートまでとっておいてある。

「こんな、小学生の頃の教科書なんかいらないでしょ……」

独り言をつぶやきながらパラパラとページをめくる。教科書の隅に当時の私の落書きを見つけた。その頃流行《はや》っていた少女漫画のキャラクターだ。うわあ、懐かしい。こういうの見ちゃうと、なんとなく捨てたくない気持ちになってくる。

……ま、焦って捨てることもないでしょ、と結局私はその衣装ケースの中身は何一つ捨てずに元に戻した。

こういう性分だから、部屋の整理が全然はかどらないんだよねぇ。ミニマリストなんて夢のまた夢……。なにげにお母さんもそういうとこあるから、押し入れの中は何もいじってないのかもな。

「えーっと、次はこの段ボールか」

衣装ケースの横には大きな段ボールが山積みになっている。ここには何が入っているんだっけ。

箱を一つずつ出して広げていく。

子供の頃、クラスの友達からもらった手紙。卒業アルバム、文集……。

「うわあ、懐かしいなあ」

ページをめくるたび、記憶がよみがえっていく。

そしてその段ボールの一番下に、一冊のスケッチブックが入っていた。

「スケッチブック？　いつ頃の？」

右端に書かれた名前がひらがなで「こうやま　みそら」になっているから、小学校低学年くらいの頃のものかもしれない。

ページを開く。クレヨンや色鉛筆を使って、色んな絵が生き生きと描かれている。動物園に行った時の絵、こいのぼりの絵、プールで泳いでいる絵……。

そして、とあるページで私の手は止まった。

「これ……は？」

緑色の草原に色とりどりの花が咲き、たくさんの子供たちが描かれている。真ん中にいるのは私だろうか。そして私を取り囲む、笑顔の子供たち……。不思議なのは、ドレスを着ていたり貴族みたいなロングコートを羽織った子もいること。髪の色も金髪だったり白かったり様々な色をしている。

「仮装大会？　そんなのあったかな。ハロウィンでもなさそうだし」

そしてもっと不思議なのは、青空に雲ではなく色とりどりのティーカップが浮かんでいること。

「どうして、空にカップが？」

見れば見るほど謎の多い絵だ。それにどうしてか、この絵のことが妙に気になっている自分がいる。こんな風景を昔、見たことがあるような気がするのだ。

「カップ……おじいちゃんのお店……」

絵を見つめていると失ったパズルのピースが吸い寄せられてきて、頭の中に記憶が鮮やかによみがえってきた。そうだ、私はよくこの場所で遊んでいた。たくさんの男の子と女の子が私の元に駆け寄ってきて、ダンスをしたり歌を歌ったり。あの子たちはまるで……まるで、ティーカップみたい……だった？　おじいちゃんのお店でうたた寝をしていると、いつもこの夢を見て……。

「夢？　カップ？」

夢にしてはしっかりと、実際に誰かと遊んだかのような感覚が残っている気がした。それに、あの子たちをティーカップみたいだと私が感じていたのは、どうしてなんだろう。

「まあでも……子供の頃よく見た夢ってこと、だよね」

不思議な気持ちは残りつつも、私はスケッチブックを閉じてまた箱に戻した。

はあ、この箱にも捨てられるものなんて何もなかった。もう押し入れの整理は諦めて、部屋の掃除でも始めようかな。

翌日、こちらに戻ってからすぐに購入した安くてボロい中古の軽自動車で、私はおじいちゃんのお店に向かった。この車、生活に必要不可欠だからしぶしぶ買ったものの、車体の冴《さ》えない小豆色があんまり気に入っていない。

「あ、あった。あれだ」

久々に見るおじいちゃんの喫茶店。

レンガ造りに見立てた外壁、チョコレートみたいなこげ茶色の扉と薔薇《ばら》のステンドグラス。子供の頃から何一つ、変わっていない。

そして駐車場の入り口には、深緑色の看板が立っている。

【英国喫茶　アンティークカップス】

独特のレトロなフォントと、白抜きになっているティーカップのマークがお店のトレードマークだ。

お店も看板も古びているけれど綺麗《きれい》に手入れされていて、さすがおじいちゃんといった感じ。

相変わらず砂利敷きのままの駐車場のすみっこに車を止めて、私はお店に向かって歩き出す。

おじいちゃんに会うの、久しぶりだな。去年のお正月以来かも。

――カランコローン。

扉を押すとドアベルが心地よい音色を奏でる。

そしてすぐに、カウンターの向こうに立つおじいちゃんの姿が視界に入った。ドアに背を向け、なにやら作業中みたいだ。

緊張しつつも店内に足を一歩、踏み入れる。

私、仕事をやめて地元に帰ってきて、おじいちゃんにどんな顔されるかな。

今年のお正月は挨拶にも行かなかったし。まあ、あの時は会社の休みが何日もとれなくてとんぼ返りだったから仕方ないんだけどさ。

お母さんからあんな電話受けたから私をバイトで雇うことにしたんだろうけど、きっとおじいちゃんにとっては迷惑な話だろうな。

そう不安に思いながらも、勇気を出して声をかける。

「おじいちゃん……」

私がそう言うのと同時に、おじいちゃんはこちらに振り向いた。

オールバックに整えられた髪とチャーミングな口髭《くちひげ》、蝶《ちょう》ネクタイにベスト、ぴっちりアイロンのかかった白いワイシャツ。

少し背は縮んでしまったし、髪も髭も真っ白だし、顔に皺《しわ》が増えて目も窪《くぼ》んでしまっているけれど、お店に立つおじいちゃんは、あの日のおじいちゃんのままだ。

そして私を見てすぐに、嬉《うれ》しそうに口元を緩ませ、目じりにクシャッと皺を寄せた。

「美宙、よく来たね。こっちへおいで」


その言葉が耳に届いた瞬間、私の心に変化が起きた。

まるで凍《い》てついた湖の真ん中に、温かい紅茶の滴がぽとりと落ちてきたみたい。

その温かさに心が震えて、するすると氷が解け出して、水面《みなも》に波紋が浮かんで広がっていくようだ。

私はひそかに衝撃を受けていた。

おじいちゃんが私のことを「無職の残念なヤツ」なんて思うわけがなかった。

この店を私が手伝うことを、嫌がるはずもなかった。

どうしてそんなことさえも私は忘れてしまっていたんだろう。

こんなにも無償の愛を与えてくれるおじいちゃんに対してまで、警戒心を抱いてしまっていたなんて。


「ごめんね、突然」

そう言いながらカウンターへと歩み寄る。そしてふと、気づく。

何も変わっていないようでいて、この店も変わってしまっているのだ。

ショーケースの中には昔みたいにケーキが並んでいない。シンプルなスコーンが並んでいるだけ。昔は店のあちこちに花瓶が置かれ、季節のお花が活《い》けられていたけれど、今はレジの横に造花が一つ飾られているだけ。

そして何より、おばあちゃんが出迎えてくれない。

当たり前だ。おばあちゃんは三年前に亡くなってしまったのだから。

本当はその時、親戚の誰もが、もうおじいちゃんはこの店を畳むだろうと思っていた。けれどおじいちゃんは、店を続けた。みんなが説得しても頑として聞かずに、店を続けたのだ。

「店に来るのは久しぶりだろう。今ちょうどお客も少ないから、仕事を手伝ってもらう前に美宙も何か一杯飲むかい？」

店内を見渡すと、確かにお客さんはたった一人だけ……品の良いマダムが静かにお茶を楽しんでいるだけだった。

「アルバイトで来たんだし、私なにもお店の仕事わからないから、逆に今のうちに色々教わりたいかな」

私がそう答えると、おじいちゃんはうなずき、カウンターの奥にあるドアを指さした。

「それじゃあ、あのドアの向こうの部屋に荷物を置いてきなさい」

「わかった」

私はドアを開け、バックヤードに荷物を置いた。するとおじいちゃんもこちらにやって来て、バックヤードに置かれたハンガーラックを指さした。

「仕事中はこのエプロンを使うといい」

黒いシンプルで丈の長いエプロン。おばあちゃんが昔使っていた気がする。

エプロンを身に着け、姿見で確認する。動きやすいストレッチのきいた無地のパンツにシンプルな白シャツ、黒いエプロン。髪はきっちり一つにまとめ、後ろで結んである。

うん、ちゃんと喫茶店の店員さんっぽいな。見た目は、ね……。

バックヤードから戻ると、カウンター内で作業していたおじいちゃんが私を見て、言った。

「うん、いいね。バッチリだ」

「ありがとう」

それからおじいちゃんに仕事の流れについて説明を受けていると、カランコローンとドアベルが鳴り、お客様がやって来た。

「あっ、私出るね」

メニューやカップの詳しい説明なんかはできないし、美味《おい》しい紅茶を淹《い》れることもできないけれど、せめて年老いたおじいちゃんが楽をできるように身体《からだ》を動かすことは私がやらなくちゃ。

お客様を出迎えるためカウンターの外に出る。

「いらっしゃいませー」

——黒髪、丸いワイヤーフレームの眼鏡、細身の身体には少し大きめなチェック柄のシャツ。

学生さんかな？

入店してきたのは、若い男性客だった。

「あっ……?!」

私の顔を見るなり、そのお客さんは目を見開き、落ち着かなそうにあたりをきょろきょろと見回した。なんだか挙動不審なお客様だなあ。

でも無理もないかもね。このお店、ちょっと変わった喫茶店だし。

「お客様、当店は初めてのご利用ですか？　まずはご注文とカップ選びを、こちらのカウンターで承りますので」

「いや……」

するとこ後ろのカウンターから、おじいちゃんがゆっくりと出てきた。

「美宙、その子はいいんだ。常連さんだから」

「常連さん？」

もう一度、その男の子をじっと見る。最初は高校生くらいにも見えたけど、よく見れば大学生くらいかも。でもこの辺に大学なんかないし……。

「あんま、見ないでもらえる？」

お客さんは忌々しげにそう言うと、ぷいっと私から目をそらした。

「あ、すみません……」

私、そんなにじろじろ見ちゃったかな。常連さんを怒らせちゃった。

「細川君《ほそかわくん》、いつものカップでいいね？」

「はい」

「紅茶はどうするの」

「マスターのおすすめので……」

「そうだねえ、じゃあ昨日飲んだのとは違う茶園のニルギリ飲んでみる？」

「はい。あ、あと腹減ってるんで、キューカンバーサンドも」

その細川君という男の子、おじいちゃんのほうだけを見て返事をしている。私の存在なんか一切無視！　って感じ。

よりによってバイトを始めて最初のお客様がこんな感じの悪い男の子だなんて。つくづく私ってツイてない。うーん逆に、何か悪いものがとりツイてるのかも……。

そして一通りのやりとりを終えると、細川君は私が案内するまでもなく、店の一番奥の席に座った。まるでそこが自分の指定席です、とでも言うように。そして背負っていた大きなリュックからノートパソコンを取り出し、テーブルの上に広げて立ち上げ始めた。

「おじいちゃん、あの人いつもお店にパソコン持ってくるの？」

小さな声でそう耳打ちすると、おじいちゃんはフフ、と笑いをもらした。

「一年前くらいからかなあ。ほとんど毎日来ては、ああやって奥の席でパソコンを広げてるよ。どうも作家さんらしくて、人に見られていたほうが執筆に集中できるんだとさ」

「作家さんなの？」

私はもう一度、細川君を見る。すると段々、彼が何歳なのかわからなくなってきた。真面目な雰囲気の人って、高校生くらいにも見えたかと思えば中年のようにも見えて歳《とし》がわからなくなってしまう時があるんだけれど、細川君もその類《たぐい》の人間かも……。

ってていってもまあ、私よりは全然若いな、絶対。

「この辺出身ってこと？」

こんな過疎のひなびた温泉地に作家さんがいるなんて噂《うわさ》、聞いたことがなかったけれど。

「いや、出身は東京なんだけど、このあたりの景色に惚《ほ》れ込《こ》んで一年前くらいに移住してきたんだって。変わっているよねえ」

そう言いながら、いかにも楽しげにおじいちゃんは私の顔を覗《のぞ》き込《こ》んできた。ああそっか、おじいちゃん、妙なこだわりを持った変わり者とか好きそうだもんね。

おじいちゃん自身が、そういう人だし。

「さあて、お茶とサンドイッチができたから、お持ちしてくれるかい？」

「あ、うん！」

あんなひょろい男の子に配膳するだけでも、初日だからちょっと緊張してしまう。

すぅ、と息を吸って目をつむり、おばあちゃんの姿を思い描く。

このお店はおじいちゃんとおばあちゃんが作り上げたお店だもの。きっとおばあちゃんを思い出しながらやれば、このお店に合った良いお仕事ができるはず。

料理と紅茶がのった銀のトレーを手に、奥の席へと向かう。

と、トレーの上のカップに目がいった。

――あっ、細川君が選んだカップ、ロイヤルウースターのロイヤルリリーだ。

ロイヤルリリーは白磁にブルーと金のみでスイレンのパターンが描かれた、シノワズリデザインのカップだ。十八世紀末にジョージ三世とシャーロット王妃がウースター窯を訪れた際にこの素朴なデザインをいたく気に入り、華やかな宮殿から離れた別邸で使用するために買い付けたと言われている。

都会の喧騒《けんそう》を離れてこんな辺鄙《へんぴ》な場所へ移住してきた細川君は、もしかしてそのストーリーが気に入っていつもこのカップを選んでいるのかな。

そんな風に考えると、あの気難しそうな若者にも、ちょっと微笑《ほほえ》ましい気持ちになれる。

おじいちゃんのお店では百年以上経《た》ったアンティークのカップ、もしくはヴィンテージ品の中でも古い時代のハンドペイントのカップのみを置いている。古き良き時代の味わい深いカップを使って紅茶を楽しんでほしいというのが、おじいちゃんの願いだからだ。

そして私は子供の頃、お店でカップを選ぶたびに色々なお話をおじいちゃんから聞かされてきた。だからティーカップに関しては、他人よりちょっとだけ知識がある。お店にあるカップについては窯名、年代、パターンの名称くらいなら大体わかる。おじいちゃんの深い知識に比べたら、足元にも及ばないけれど。

「グレンデール農園のニルギリと、キューカンバーサンドでございます」

「……あんた、バイト？」

鋭い目つきで、細川君は私を見上げる。

「ええ、今日から……」

と話し始めたところで、細川君は遮るように強い口調で言った。

「この店の空気、壊さないでよね」

「えっ」

あまりのことに、返す言葉が見つからない。

すると、離れた席に座っていたお客さん……私が店に来る前からいたあのマダムが、すっと立ち上がりこちらに振り向いた。

「お店の空気を壊しているのはどちらかしらね、細川君」

凛《りん》としたマダムの声が、店内に響き渡る。

そしてマダムはそのままツカツカと、こちらに歩み寄ってきた。

黒いピンヒールのミュールに白いぴったりとしたパンツ、さわやかな花柄のブラウスの上にラベンダー色のストールを羽織っている。

お歳は召しているが、ヘアスタイルもメイクもばっちり。きっとこのあたりのお年寄りのファッションリーダー的なマダムなんじゃなかろうか。

っていうか、この人も何歳だかよくわからない人だなあ。最初チラッとお見かけした時には六十歳くらいに見えていたけれど、こう見るともっと……。

いかんいかん。あんまりじろじろ見ていたら、細川君の時みたいに怒られてしまうな。

「すみれさん……」

マダムがそうして注意しに来ることが、細川君にとっては予想外のことだったようだ。驚きの表情を浮かべている。

っていうかこのマダム、すみれさんって言うのか。

すみれさんも細川君の名前知ってるし、みなさんお知り合いですか？

「今日が初日のバイトさんに対してあまりにも冷たい態度だったものだから。そんなピリピリした空気では、せっかくのお紅茶が楽しめないわ」

「でも僕にとってこの店は特別な店ですから。少しでも変わってもらっちゃ困るんです」

細川君は真剣な表情ですみれさんと向き合う。しかし、すみれさんは微笑みながら答えた。

「そんなのは細川君の都合じゃないの。それに、わたくしの見立てによれば、こちらのバイトさんがお店の雰囲気を悪くするようなことはないと思うの。なにせ、わたくしたちよりもずっとこのお店に精通してらっしゃるんですから」

「どういうことです？」

いぶかしげに、細川君が私をじっと見つめる。

すみれさんはオホホ、と笑いをもらしてから言った。

「こちらのバイトさん、マスターのお孫さんよ」

「えっ……」

細川君は表情をこわばらせ、まずいことをしてしまったというような顔になっている。

「ご存じだったんですね？」

私も驚いてすみれさんにたずねた。するとすみれさんは大笑いを始めた。

「オホホホホ。だって昨日、あなたのお母様からの電話を受けてから、マスターは柄にもなく慌てて大騒ぎしていたんですから。わたくしにも『明日から孫が来ることになったから準備せにゃならん』って、切羽詰まった顔で相談してくるし、その後もバックヤードから出たり入ったり」

「ああ、僕は昨日、午前中しかお店にいなかったから……」

そう言って細川君は心底残念そうな顔をしながら頭を抱え始めた。

「そんな貴重な瞬間に立ち会えなかったなんて……。どうして僕はよりによって昨日、午後は日帰り温泉へ行こうなんて考えてしまったんだあぁ……」

え、そんなに見たかったの？　おじいちゃんが取り乱すところを!?

「すみれさん、昨日の話をバラすのは勘弁してください」

笑いながらおじいちゃんがカウンターから出てきた。

「細川君も悪かったね、急にバイトのウエイトレスが増えていて、びっくりしただろう」

おじいちゃんはそう謝ったが、すみれさんはそんなおじいちゃんを制止するように言った。

「まったく、まさか細川君、こんなにも若い女性が苦手だったなんて。あまりにも陰険な態度なのでびっくりしましたよ。独り身なのもうなずけます」

「ち、違いますよ！　僕は別に女性が苦手なわけじゃあ。ただ、僕はこのお店の雰囲気を守りたかったから……」

「あの、お店の雰囲気は大事にするつもりなので、安心してください」

私がそう言うと、細川君はちらりとこちらに振り向いた。あ、すみれさんに言われた言葉が恥ずかしかったせいか、細川君、ちょっと頬が赤らんでる。

「そ、それならいいんですけど」

神経質そうにそう答える彼に、私は付け加えた。

「私もこのお店、大好きなんですよ、子供の頃から。だから雰囲気を壊されたくない気持ちはわかります」

それからしばらく、私たちはその場で雑談をした。私が子供の頃によくこのお店に来ていたこと、おじいちゃんからカップについての話を色々聞かされたこと、おばあちゃんの作るケーキが大好きだったこと。

「奥様のことは残念でしたわね。もう……三年くらい経つのかしら？」

すみれさんはおばあちゃんのことも知っているみたいで、寂しげにそう話した。おじいちゃんは黙りこくって髭《ひげ》をいじりながらうなずいた。

「あの時は、てっきりお店を畳まれるのかと思ったんですよ。でもよくお一人で続けられて」

「まあ、身体《からだ》の動く限りはね」

おじいちゃんはそう言って笑った。

「わたくし、ずっと心配だったんです。だからお孫さんがお手伝いしてくださることになって、本当に良かった。安心いたしました」

すみれさんは嬉《うれ》しそうに微笑み、こちらに振り向いた。あ、この人、本当におじいちゃんの身体のこと心配してくれてるんだなって、その表情を見て思った。

「すみれさんは昔からの常連さんなんですか？」

私がたずねると、すみれさんは頬を赤く染めながら答えた。

「ええまあ。でも頻繁に来るようになったのは、十年前くらいからだったかしら。息子たちも仕事と遊びばかりに夢中で家に寄りつかないし、一人で過ごす時間が長すぎて、持て余すようになってね。ここで美味《おい》しいお紅茶をいただきながら読書をするのが、至福のひとときなんです」

「わかります。喫茶店でゆっくり読書するの、いいですよね」

私も東京にいた頃、休日にそうやって時間を潰していたことがあった。遊ぶ友達も彼氏もいないけど一日中一人暮らしの部屋にいるのも気が滅入《めい》ってしまうから、喫茶店で程よい距離感で人に囲まれながら本を読むのが好きだった。

「すみれさんも、旦那さんが亡くなられてるんですよね？」

ふいに細川君がそう言った。

「え、ええ。そうね。もう十年も前のことだけれど」

「へえ。じゃあここに通うようになったのは、旦那さんが亡くなられた頃からってことですか」

また細川君、そういうらないこと言って。

どうも細川君の物の言い方ってズケズケしていてデリカシーに欠ける部分がある。作家になるような人って、もっと繊細で物静かなのかと思っていたけれど……。いや、作家だってきっと色んな人がいるんだろうな。細川君の小説はきっと、ズケズケものを言うような小説なんだ。

すみれさんは「オホホ」と笑って流そうとしているが、なんだか気まずそうだ。

話題を変えようと、私はあたりを見回す。するとすみれさんが使っているカップが目に留まった。

「すみれさん、シェリーがお好きなんですか？」

すみれさんが使っていたのはシェリーのディンティシェイプという、お花の形をした薄づくりのカップだったのだ。ディンティとは壊れやすいという意味で、その名の通り繊細な印象のカップだ。シェリーは女性に人気の窯で、花をモチーフにしたカップが多い。フォリー、ワイルマン、シェリーと窯名を変えた後、一九六六年に閉窯した。

なんとなく、シェリーの代表的なデザインに描かれた可憐《かれん》な花々やアールデコのシェイプは、女性らしい芯の強さと気品を持ったすみれさんにとてもお似合いな気がする。

「確かにシェリーは好きね。でも実を言うと私は細川君とは違って、毎回違うカップを楽しんでいるの。マスターからカップにまつわる色々なお話をうかがうのも、ここに来る楽しみの一つなんですもの」

「面白いですよね、窯やデザインごとにストーリーがあって」

それからひとしきり、私たちはイギリスのアンティークカップ談議に花を咲かせた。


夜七時。閉店作業を終え、私はエプロンを脱いだ。

「おじいちゃん、本当にもう帰ってもいいの？　私まだ手伝えるよ」

「ああ、いいんだ。今日は初日だから美宙は疲れただろう。早く帰りなさい」

おじいちゃんはこの後、明日の準備を少ししていくのだそうだ。すぐに済むから心配するなと何度も言われたが、高齢のおじいちゃんがこんなに遅くまで仕事をしているなんて、心配せずにはいられない。

「今日はお客さんもそんなに多くなかったし、私大丈夫だよ？」

念のためもう一度そう言うと、おじいちゃんは言った。

「大丈夫と思っていても気を張って疲れているはずだ。美宙には来週のゴールデンウィークを万全の体調で迎えてもらわないとだからな」

「わかったよ。ゴールデンウィーク、混むもんね」

このあたりはひなびた温泉地で、普段の平日には観光客の姿なんかさっぱり見かけないのだけれど、さすがにゴールデンウィークや夏休みシーズンにはそれなりにたくさんの観光客がやって来る。

そうなると、今も営業している宿やみやげ物屋、飲食店はその時だけ大盛況になる。昔はもっとお店がたくさんあったのだけれど、今はその半数以上が閉店してしまった。残っているお店も大体経営者がお年寄りだったりして……。このわびしい温泉街が消えてなくなる日も、そう遠くはないのかもしれない。

「じゃあおじいちゃん、あまり無理しないでね。明日も私、手伝うし」

「心配するな、何十年もやってるんだから。気を付けて帰りなさい」

店を出て、駐車場へ向かう。

はー、確かにおじいちゃんの言う通り、ちょっと疲れたかも。

と、伸びをしたその時。

ちらりと人影が視界をかすめた。くるくる巻かれた白髪とジュストコール。

「えっ」

思わずそちらのほうを振り向く。

そこにはまるで十八世紀のヨーロッパからタイムスリップしてきたみたいな出《い》で立《た》ちの

男性が歩いていた。両側でくるくるカールした白髪のウィッグ。鮮やかなペールブルーのジュストコールに揃《そろ》いのベストとキュロットには、生地の色に映える白い刺繍《ししゅう》が施されている。

そんな異様な出で立ちの男性が、店の裏口のほうへ段ボール箱を運んでいるのだ。

「よいしょっと。こんなものでしょうか。あとは……」

そう言いながら男性はこちらを振り向く。

白い肌、くっきりした二重と青い瞳、高い鷲鼻《わしばな》。穏やかな表情と溢《あふ》れ出《で》る気品。

な、なにあの人？　外国の方？

「あ……」

その人物は私を見るなり声をあげ、驚いたような顔をして……。

そのまま、ふわっと消えていなくなってしまった。

幻みたいに。

「えっ……ちょっと待って、え」

なに今の。怪奇現象？

それとも幻覚？　私そんなに疲れちゃってた？

「うそ……でも、今……」

おそるおそる、店の裏口の前に積まれた段ボールのほうへ歩み寄る。段ボールの中には洗剤と、カップが入れられている。

あたりを見回す。

「誰も、いない」

いや、そんなわけない。今絶対に、昔の貴族みたいな服を着た外国人男性がここに……。

と、裏口がギィッと音を立てて開いた。

「ひいぃっ！」

思わず叫び声をあげると、中からおじいちゃんが顔を出した。

「こんなところで何をしているんだ美宙。いいから早く帰りなさい」

「あぅ、うん……」

どうしよう、おじいちゃんに言ったほうがいいのかな。今見えたもののこと。

いや、でもあんな幻みたいに消える人間がいるわけないもんな。きっとあれ、私が疲れすぎて見てしまった幻覚だったんだ。

「おじいちゃん、この箱、カップが入ってるのにこんなところに置いておいたら危ないんじゃない？」

そう言って段ボール箱を指さすと、おじいちゃんは髭をいじりながら箱を見つめた。

「カップと、洗剤？」

「おじいちゃん、この箱に覚えがないの？」

不安になってたずねる。もしかしてさっき見えたの、幻覚じゃなくて幽霊だったとか。

「いや、入れたのかもしれん」

あいまいな表情で、おじいちゃんはそう答えた。

「まぁとにかく、美宙は帰りなさい」

「わかった。もう帰るね。また明日！」

私はくるりと踵《きびす》を返し、車へと向かっていった。

あの箱、実際のところ貴族の幽霊が運んだのかな、それとも元からあそこに置いてあったのかな。

いや、幽霊なんかいるわけないじゃん。絶対に私が疲れすぎてただけだよ。

おじいちゃんがあんなに頑張ってるのに、なさけないなー私。

今夜はしっかり睡眠をとって、明日からおじいちゃんのお手伝い、もっと頑張れるように体調を整えなくっちゃ。

それから私はお店の定休日以外は毎日、十時の開店から十八時の閉店までバイトに入るようになった。ゴールデンウィークまでに仕事を覚える必要があるし、そもそも通常時でもおじいちゃん一人でお店を切り盛りするのはちょっと大変そうだ。

「いらっしゃいませー」

ドアベルが鳴り、お客様を出迎えにあがる。四十代くらいの女性二人組のお客様。

「あのぉ、こちらって、香山葉平《ようへい》さんのお店ですか？」

遠慮がちに、片方の女性がたずねてくる。

「ええ、そうですよ」

私がそう答えると、二人の女性客はキャーっと小さく悲鳴をあげて喜んだ。

香山葉平というのは、おじいちゃんの名前だ。おじいちゃんはアンティークカップのコレクターとしてその筋の界隈《かいわい》ではちょっとだけ有名らしく、たまにおじいちゃん目当てではるばる遠方から来るお客様もいる。

このお店、たまに雑誌で紹介される時あるもんなあ。もう最後に紹介されたのは、十年以上前だった気がするけれど……。

今はネットで情報を得る人も多いから、ブログとかSNSでおじいちゃんのことやお店のことが紹介されたのかもしれないな。

カウンターへ戻り、おじいちゃんにこっそり話す。

「香山葉平さんのお店ですか、だって」

「ふむ」

おじいちゃんは立ち上がり、まんざらでもない顔で二人の女性客に話しかける。そしてカップボードの前に連れていき、アンティークカップのうんちくを語り始めた。

このお店、一人で切り盛りするのは大変だろうけど、こうやってティーカップ好きの人たち相手にお仕事できるのがおじいちゃんの生きがいなんだろうな……。

というのがありありと見て取れるくらい、生き生きとした表情のおじいちゃん。

たっぷり十五分近くにわたるカップについての説明を終え、ようやくお客様はカップを選び、注文も決めたようだった。

「美宙、クリームティーセットを二人分用意してもらえるかい」

「えっと、クリームティーセットってスコーンと紅茶のセットのことだったよね……」

「そう。スコーン二つにイチゴジャムとクロテッドクリームを添えるんだ。そこに置いた皿に盛りつけておくれ。紅茶はおじいちゃんが淹《い》れるから」

「了解」

私がお皿にスコーンを盛りつけている間に、おじいちゃんは紅茶の準備。お湯を沸かし、茶器を温め、ミルクジャグとシュガーポットを用意。キャディースプーンでティーポットに茶葉を入れ、沸いたばかりの湯を注いで砂時計をひっくり返す。さすが、何十年もやっているだけあって、慣れた手つき。手早い上に正確だ。

そうしてあっという間にトレーの上に注文の品が揃った。

「それじゃ美宙、これをお客様にお出しして……ミルクティー向きの茶葉なんだが一応、ご希望があれば差し湯をお持ちしますと伝えておくれ。手前のお客様がターコイズブルーのカップだよ」

「わかった」

おじいちゃんは指示も的確なので、接客業の経験があまりない私でも動きやすい。

無事お客様にそつなくお茶をお出しできた……とほっとしていたその時。

「すみませーん」

さっきの女性客に声をかけられる。

「は、はいっ、いかがいたしましたでしょうかっ」

イレギュラーなことには弱いです、私……。

緊張の面持ちで話をうかがう。

「この、ルフナっていう紅茶の特徴を教えていただけませんか？」

「あっはい。少々お待ちください……」

ルフナの特徴……私、わからない。

助けておじいちゃん！　という気持ちで足早にカウンターに向かう。

「うむ、行ってこよう」

お客様の声はカウンターの向こうのおじいちゃんにも聞こえていたみたいで、すぐに紅茶の説明に向かってくれた。

はー、良かった。ほっと一息。

そんな感じで、かなりおじいちゃんに頼りきりの状況だけれどなんとかお仕事できている。

大体お店が混むピークタイムは午後三時前後。午後四時を過ぎると徐々にお客様は減っていき、五時頃になるとだいぶすいてくる。

細川君は大抵オープンから閉店までいて、奥の席でカタカタやっている。時々原稿がひと段落すると、違うお茶を頼んだり食べ物の追加注文をしてくる。

すみれさんは、来たり来なかったり。来ると大抵二、三時間はいるかな。

そして今日、私はまた新たな常連さんに出くわすことになるのだった。

お店がすいてきた午後五時頃。

──カランコローン！

酒屋の前掛けにジーンズ、ポロシャツ姿のおじいさんが勢いよくお店に入ってきた。背はやや低めでおでこが広く、日焼けした肌にくっきりと皺《しわ》が刻まれている。

「いらっしゃ……」

お出迎えをしようとしたその時、おじいさんは大きな声で言った。

「いやあ～、忙しいんでまいったまいった！」

「は……い？」

返答に困ったが、そのおじいさんはカウンターの中のおじいちゃんに向かって話しかけているのだということに、ほどなくして気づいた。

おじいさんは私の存在に気づき、じろじろとこちらを見る。

「なんだあ？　若いねーちゃん入れたんかぃ？」

「権田《ごんだ》さん、久しぶりじゃない」

おじいちゃんは笑いながらカウンターから出てきた。変なお客だなと思ったけど、おじいちゃんと仲のいい人みたい。

「連休前だっつぅんで、あっちこっちから注文が来てさ。茶を飲む暇もねぇんでまいっちまうよ。それよりどーしたんだい、こちらは」

そう言って権田さんは私のほうにちらりと視線を向ける。

「いやー、うちもこれから連休で忙しくなるし、孫娘に店の手伝いに来てもらってるんだよ」

「あ、お孫さん⁉」

そう言って権田さんは、ますます食い入るように私を見つめ始めた。

うう、この人、圧がすごいな……。

とその時、カウンター近くの席で読書していたすみれさんが、こちらに振り向いた。

鋭い瞳で権田さんを睨《にら》み付《つ》けている。

「しばらく静かで良かったのに、まーたうるさいのが来た」

「すみれさん勘弁してくれよぉ。俺だってたまには癒やしが欲しいのよっ」

「たまにって……忙しい時でもなきゃ毎日ここでお茶飲んでるくせに」

「俺はもう還暦過ぎて十年以上経《た》ってんだよぉ？　本来毎日休みだっていいところを、こうやって老体に鞭打《むちう》って働いてるんだからさぁ。もっと労《いたわ》ってくれたっていいんじゃないん？」

「七十過ぎたくらいじゃあまだまだ、この辺だと年寄りのうちには入らないのよ」

そこまで言い合った末に、二人ともプッと笑い出した。なんだ、最初は喧嘩《けんか》が始まったのかと思って心配したのに……。よくわからないが、この二人も仲がいいってことなんだろうな。

「還暦過ぎて十年以上、ねえ……。こっちは二十年選手かな」

おじいちゃんがそう言うと、すみれさんはパチパチ拍手をし始めた。

「まったく、マスターには頭が上がらねえなあ」

ああ疲れた、という風に、権田さんはカウンターに突っ伏した。

結構騒がしくしているけれど、奥の席の細川君は変わらず黙々とノートパソコンに向かい続けている。こういうやりとりは、よくあることなんだろう。

「権田さん、今日はどれにする？」

おじいちゃんが権田さんにたずねると、権田さんは顔を上げて目を細めながらカップボードを見つめ、狙いを定めるように指さした。

「今日はアレにする」

権田さんが選んだカップは、ミントン窯のウィローパターンのカップだった。

ウィローパターンは中国の悲しい恋物語が描かれた有名なパターンで、色んなメーカーからこのパターンの食器が製造されている。大抵は白地に青一色を使用し、柳《ウィロー》や中国風の館、橋を渡る三人の人々、二羽《わ》の鳥などが描かれているのが特徴だ。ミントン窯の創始者、トーマス・ミントンがこのパターンを確立したと言われており、大量生産が可能な銅板転写の技術によって世界中に広まっていった。

「お待たせいたしました、キームンをお持ちしました」

権田さんは「お茶はわかんねぇからマスターにおまかせで」と言っていたけれど、一応銘柄を伝えた。ちなみにお店にはブレンドティーやフレーバーティーもいくつか置いてあるけれど、おじいちゃんはそれぞれの産地の味を楽しめるピュアティーが好きみたい。

キームン特有の蘭《らん》の花のような香りが、ふんわりと漂う。ここでバイトし始めてまだ数日だけれど、早くも産地ごとの茶葉の違いについて興味が出てきた。おじいちゃんも色々教えてくれるけれど、今度専門書でも買ってみようかな。

「おねーちゃん、名前なんての？」

「美宙です」

「美宙ちゃんね。なに、バイトは連休終わるまで？」

「いえ、まだ決めていないんです。東京からこちらに戻ってきて、今は就活中で……」

「そうかい。でもこっちに帰ってきたって、求人なんかねえだろ？」

確かに求人は少ないけど、そんな強い圧で言わなくたって。段々お母さんに怒られているような気分になってきた。

権田さんはさらに前のめりになり、私の顔を覗《のぞ》き込《こ》む。

「じゃあ、アレだ。うちの息子と結婚しちゃう？」

突然そう言われて、拍子抜けしてしまった。

ぶふぅっ、と奥の席の細川君が妙な音を立て、その後咳《せ》き込《こ》み始《はじ》めたけれど大丈夫だろうか。

「いえ、私結婚とかは……」

言《い》い淀《よど》んでいるとすかさず、すみれさんが助け舟を出してくれた。

「ちょっと権田さん、初対面でしょう？　美宙ちゃんが戸惑ってるじゃないの」

「いやーだって、困ってんだいなぁ。うちの長男坊がなかなか結婚相手見つかんなくってさ」

「権田さんの息子さん、もういくつになるんだっけ？」

「もう今年で四十になる」

「そんなに年上じゃあ、美宙ちゃん嫌よねえ？」

「ええ……」

すみれさんにたずねられ、ちょっと考えてみる。

四十歳。私よりひと回り年上の人かあ。

「別に、嫌ではないですけど」

正直にそう答えてしまったものだから、権田さんもすみれさんも、瞳をキラキラ輝かせ始めてしまった。

「あっ……」

しまった、と思った時にはもう遅い。

「権田さん、嫌じゃないですって！　チャンスじゃないの！」

「こらあもう、すぐに息子に電話だ！　ここで今から見合いすればいーべ！」

「やめてください！　違うんです、四十歳の人がダメってことはないっていうだけで、私特にお見合いがしたいわけじゃ……」

「なに言ってるの美宙ちゃん。こんな田舎じゃなかなか出会いなんかないのよ？　これも何かのご縁だから、会ってみるだけでも」

すみれさんまで、そんなことを言い出す。

「いやー良かった良かった。これで俺も一安心だ」

権田さんはもう結婚が決まったかのようなことまで口走っている。

「何言ってるんですか。私、お見合いなんかしませんからね!?」

その後、必死に抵抗し、なんとか二人を落ち着かせているうちに、気づけば閉店時刻になっていた。

「美宙ちゃん、今度息子の写真持ってくるからよ。それ見てから見合いのこと、考えてくれよな！」

「写真持ってこなくていいですからー」

首を横に振り、ニコニコしながらご機嫌で権田さんが帰っていく。

「まー、今日は楽しかったわ。若いっていいわね」

すみれさんも、いつもより艶めいた顔をしている。こっちはクタクタなんですけど……。

そして本日も最後のお客様は、細川君だ。

大抵、細川君が最後にお会計をして店を閉める。

お店の閉店時刻五分前くらいに細川君はハア、とため息をつきながら伸びをして、ノートパソコンの電源を切って閉じ、リュックにしまい始める。そうすると私のほうでも「あ、今日もバイトが終わる時間が近づいてきたんだな」と思うようになってきた。

まだこのお店で働き出して一週間も経ってないのに、すっかりここにいることが日常みたいになってきたなあ。

としみじみ思いながら細川君をレジで出迎えたら、彼は唐突に言った。

「嫌でしょ？　ああいうこと言われるの」

「……え？　ああ、お見合いの話ですか？」

「権田さんも悪い人じゃないけど、その辺の考えは遅れてるよなって」

「まあ、田舎のおじいちゃんだからねー」

おっと、なんか気が緩んでため口で喋《しゃべ》ってしまったぞ。細川君一応お客様なのに。

でも気にしていない様子で細川君は続けた。

「どうして東京から戻ってきたの？」

「えっ」

意外だなあ。細川君、そんな質問をする程度には私に興味、あったんだ。

「なんていうか……」

あの日の駅ビルから眺めた夜空を思い出す。ひんやりとした空気の感触まで、生々しく思い出すことができる。

誰ともつながっていない、みんなに置いていかれたようなあの気持ち。

あの夜、私の心が決まったんだ。

「自分の居場所じゃないって感じがしたんだよね。もっと私に合っている場所が別にあるはずだって気がして。それを探すために、戻ってきたの」

どうしてかな。今まで注文を受ける以外の会話を細川君としたことがないのに、なぜか細川君にはこんな話ができてしまう。

でも細川君のことだから、手厳しい反応でも返してくるのかしら？

と顔を上げ、彼の顔を覗き込んだら、彼はまっすぐに私を見つめていた。

――えっ？

いつもの印象と違う。

いつもは、もっと他人に対して壁を作っていて、離れた場所から人をひねた顔で見つめているような印象なのに。

「じゃあ僕と同じだね」

「そ……」

「お会計お願いします」

私が言葉を失っているうちに、細川君はまたいつもの顔に戻ってスッと伝票を差し出してきた。細川君は一日お店にいて何度も注文をするから、今日は伝票が四枚もある。

「えっと……クランペットと紅茶のセットがおひとつと……」

私も店員モードに切り替え、真剣にレジを打つ。まだレジ打ちには慣れていないから間違えないようにしなくちゃ。

僕と同じって、どういうことだろう……。

気になる気持ちを、必死で頭の隅に追いやった。

4　謎のお手伝いさん

ゴールデンウィーク、半端ねえ……。

っていうかおじいちゃん、こんなにお店混むのにどうやって一人でお店回そうと思っていたんだろう？

お昼頃から満席状態で、いつもピークになる十五時くらいからはお店の中の待機スペースでは場所が足りず、外で立って待っている人まで出る始末。

注文を受けて、紅茶を運んで、新たなお客様の受付をして、カップの説明をして、お席にご案内して、そしたらまたすぐに別のお客様に呼ばれて……。

まさに忙しさで目が回りそう。

おじいちゃんも、いつもより真剣な表情で絶え間なく紅茶を淹《い》れたりサンドイッチを作ったりし続けている。

八十過ぎの人って、こんなに働けるの……？　って疑問に思うくらい。

こりゃ、すみれさんがおじいちゃんの身体《からだ》を心配するのも当然のことだよなあ。

ちなみに常連の皆さん、ゴールデンウィークになった途端、パタリと来なくなっちゃった。きっとお店が混んでいるから、気を遣ってくれているんだろう。

すみれさんに会えないのはちょっと寂しいかも。平日暇な時は、よく一緒にお喋《しゃべ》りしていたし。

あとまあ、細川君《ほそかわくん》と権田《ごんだ》さんも……。ゴールデンウィーク明けにまた会えるのが待ち遠しくなくもないかな。

「すいませーん！」

またお客様に呼び止められてしまった。なんだかお客様、困り顔。

「どうなさいましたか？」

たずねると、トイレを指さして言った。

「トイレットペーパー、切れちゃってるみたいなんだけど」

「申し訳ございません、すぐにお持ちしますので少々お待ちください」

私は駆け足でバックヤードに戻る。

すると食器を洗いながらおじいちゃんが言った。

「美宙《みそら》！　トイレットペーパーは外の納屋の中だ！」

「わかった！　ありがと！」

大きめの声で答え、バックヤードにある裏口のドアから外へと飛び出す。

はあ、額に汗かいてきたよ。先週はのんびりお仕事してたのに、今週はすっかり体育会系だなあ。

そして納屋のドアに手をかけようとしたその時。

「もうほんとやんなっちゃう！　なんであの子戻ってきたのよ！」

――えっ。

納屋の中から女性の声がする。

「そんな言い方はやめましょう。それより早く問題を解決しないと」

今度は男性の声。

「こわ……」

思わず小さくそう叫び、後ずさりした。

だって、この納屋はいつも鍵がかかっているから中に人がいるわけないし、鍵が開いていたとしたって、誰も入るわけがないようなボロボロの小屋なのだ。

泥棒？　だとしたって、このボロ屋の中には備品と掃除用具くらいしかないから、すぐにろくなものがないってわかって出ていくはず。

「なんでなんで……えっ？」

もう一度、納屋にそっと近づいて聞き耳をたててみる。

――あれ？　声がしなくなってる？

もしかして、幻聴？

私、疲れすぎて幻聴が聞こえちゃってたの？

そういえば急に外に出て日に当たったせいか、軽く眩暈《めまい》もする。まだ五月だというのにここ二日は天気が良くて、真夏日が続いているのだ。かなり日差しがキツい。

しばらく経《た》っても一切物音がしないので、勇気を出して納屋を開けてみることにした。

「もし泥棒がいたら……一目散にお店に走って逃げよう」

あらかじめそう心に決め、鍵を開けると勢いよく扉を開けた。

おそるおそる中を覗《のぞ》く。

「…………誰もいないじゃん」

納屋の中は埃《ほこり》をかぶった段ボールが金属ラックに並び、箒《ほうき》やモップが壁に立てかけられている他、何もない。あ、奥にある使ってない古びたサイドテーブルの上に、カップが置いてある……？

「な、なんでこんなところに？」

近づいてみるとそれは、ウェッジウッドのジャスパーウェアと、ワイルマンのデイジーシェイプのカップ&ソーサーだった。

「どうしてこんな良いカップが納屋に？」

二客とも、百年以上前のアンティークカップで、とても人気のあるデザインだ。いつもお店のカップボードに飾られていたような気がしていたけれど……。

「どこか壊れてるのかなあ？」

見てみたけれど、どこにもヒビや欠けは見当たらない。

まあ、いっか。きっとおじいちゃんがここに持ってきたんだから何か意味があるんだろうな。

てかそれより早くトイレットペーパー持って戻らなくちゃ！

私は慌てて金属ラックの上からトイレットペーパーを一袋摑《つか》み取《と》り、鍵を閉めるとお店へ駆け足で戻っていった。


閉店後。

「いやー、今日は大繁盛だったね。お疲れ、美宙」

おじいちゃんは、ふぅーっと息を吐きながら伸びをしている。

「私よりおじいちゃんのほうが疲れたでしょう？　よく今まで一人でやってこられたね」

お店が混むのはゴールデンウィークだけじゃない。夏休み時期だってシルバーウィークだって混むはずだ。それでも、おじいちゃんはおばあちゃんが亡くなってから、一人でこのお店を切り盛りしてきたんだもんなあ。本当にすごすぎる。

「きっと紅茶の神様が、助けてくださってるんじゃないかなあ。時々、そんなことを思うよ」

そう言って、おじいちゃんはニカッと笑った。御歳《おんとし》八十一歳だけど、まだまだ元気そうで何よりです。

「さて、一休みしたいところだけど……。明日の準備までやってしまおうかな」

「おじいちゃん、今日こそ絶対に、私も最後まで準備をしてから帰るからね！」

強めの口調でそう言った。おじいちゃんったら頑固だから、いつも私に先にあがるように言うんだもの。でも私二十八歳で、おじいちゃん八十一歳よ？　労《いたわ》られるのはむしろおじいちゃんのはずでしょ。

「そうだね……。さすがに今日は、おじいちゃんも疲れたから……。負けたよ。美宙になにもかも手伝ってもらう」

おじいちゃんははぁー、と息をもらしながら椅子に腰かけた。今日のおじいちゃん、本当に疲れているみたい……。

「ねえ、おじいちゃんはしばらくそこに座ってて？　私は掃除を済ませて、あとはおじいちゃんの指示に従って準備をすすめるから。ちなみに何をするの？」

「いや、美宙が普段やってくれてることでほぼ全てだよ。おじいちゃんがしているのは、ポットや残りの食器を洗ったり、キッチン回りを綺麗《きれい》にして、あとはシュガーポットの補充をしたり、カップ&ソーサーのチェックかな。スコーンの作り置きをする時もあるが、明日の朝やるからいい」

「わかった。それなら全部できるから、おじいちゃんはそこに座ってて」

「いいのかね」

「うん！」

私は急いで店内の掃除を始めることにした。おじいちゃんがこんなに素直に私に手伝わせてくれるなんてめずらしい。つまりそれだけ疲れているってことだ。

なるべく早く家に帰して休ませてあげなくちゃ！

えっとまずは、納屋からモップとバケツを持ってこないと。

「ちょっと納屋に……あ、そうだ。おじいちゃん、納屋の奥の使ってないテーブルの上に二つカップが置いてあったけど、あれはなんで？」

なにげなくそうたずねると、おじいちゃんは目を丸くした。

「え？　カップが納屋に？」

「うん。ウェッジウッドのとワイルマンのが二客置いてあったけど」

「おかしいな。そんなはずないんだが……」

おじいちゃんは顔をしかめて首をかしげている。

「うそ。おじいちゃんが置いたのかと思ったけど」

「いや、納屋にカップを置いたことはないよ。割れたやつなら箱に入れて取ってあるけどね。後で金継ぎでもしようと思ってさ」

そう言いながらおじいちゃんは、よっこらしょ、と立ち上がった。

「えっ、おじいちゃん座っていいよ」

私は焦ってそう言ったが、おじいちゃんは首を横に振った。

「大丈夫だよ、ちょっと歩くくらい。一緒に納屋に行こう」

そこで私とおじいちゃんは、一緒に納屋を見に行った。


納屋の扉を開ける。

「あの奥のテーブルの……あれ？」

カップが二客あったはずなのに、テーブルの上には何もない。

「うそ……」

おかしい。私が日中、トイレットペーパーを取りに来た後、この納屋には私もおじいちゃんも入っていないし、鍵がかけてあったのに。

「そこに、あったのかい？」

おじいちゃんは納屋の中に入っていき、奥のあたりを見回した。

「うーん、ほら、この下の段の箱には、割れたカップを入れてあるけどね」

そう言って金属ラックの下の段に置かれた箱をおじいちゃんは指さす。

「違うの。テーブルの上にあったの。割れてもないし、ヒビも入っていない、ウェッジウッドのジャスパーウェアとワイルマンのデイジーシェイプが……」

私がそう言うと、おじいちゃんは嬉《うれ》しげに笑った。

「よくジャスパーウェアとデイジーシェイプだって知ってるじゃないか。美宙も立派なマニアに育ったみたいだね」

「だって、それはそうでしょう？　子供の頃におじいちゃんが、あれだけカップの知識を私に教え込んだんだから」

私たちは笑い合った。

納屋の中には、優しい月明かりが差し込んでくる。

窓からふと夜空を見上げたら、たくさんの星々が輝いているのが見えた。こんなによく星が見えてたんだなあ、私の生まれ育った場所って。そんなことも、久々に思い出した。東京に出てアンティークカップとは関係のない生活を続けていたけれど、結局私、大好きだったこの場所に戻ってきたんだ。なんて、今更しみじみ思ったりして。

カップの名前、案外忘れてなかったんだよね。久々にお店に来たのに、カップを見るだけでどこの窯のどんなカップか、大体思い出せたもの。

「あれ……っていうか思ったんだけど、ここからなくなってるってことは泥棒がカップを持っていっちゃったってことじゃ……」

ふと本題を思い出してそう言ったが、おじいちゃんは特に慌てるような様子もなく、ゆっくりと立ち上がった。

「きっと泥棒じゃない気がするが……。店のカップボードを見ればわかるんじゃないか。カップボードに元通り戻っているかもしれないよ」

「いや、カップがそんなひとりでに戻ったりは」

私は苦笑した。でもおじいちゃんはなんでか、本当にカップがひとりでに店へ戻ったと思っている風だ。

「戻って見てみよう」

「いいけど……。あ、そうだ、モップとバケツ……」

私は清掃用具を手に持ち、おじいちゃんとお店に戻った。

「ほら、見てごらん。美宙が納屋で見たカップがあるかどうか」

「うん……」

ジャスパーウェアはウェッジウッドの創始者であるジョサイア・ウェッジウッドが試行錯誤の末に開発した、ストーンウェアと呼ばれる素材で作られたシリーズだ。マットな質感で穏やかな色合いのストーンウェアの上に繊細なレリーフが施されている。超がつくロングセラーのシリーズで、現在でも製造は続いている。納屋にあったものはジャスパーウェアの代表的なカラーである、ペールブルーのカップだった。

「あ、これだ」

納屋で見たのと同じジャスパーのカップが、店のカップボードの端に置かれている。

えっと、あとはワイルマンのデイジーシェイプか……。

ワイルマンのデイジーシェイプもアンティークカップコレクターには有名な、人気のシリーズだ。花の形に波打った独特の形状をした薄づくりのカップで、ソーサーも同じ花の形をしている。単色で繊細な模様の施されたものが多く、とても可憐《かれん》で美しい。確か私が見たものは、淡いピンク色でアザミの花のパターンが描かれていたものだったような……。

「あ、あった」

ジャスパーがある場所の反対側のすみっこに、ピンク色のデイジーシェイプもぽつんと置かれている。

「これとこれだったわ」

私が指さすと、おじいちゃんは「ふむ」と言いながら髭《ひげ》をいじくった。

そして少し考える仕草をしてから、言った。

「まあ、元通りになっているならよかろう」

「そう……？」

なんか若干腑《ふ》に落ちないけど……。おじいちゃんがそれでいいって言うなら、いいか。

「あっ、それより閉店作業の続きしないと！」

私は慌てて店内をモップ掛けしようとして――あることに気づいた。

「あれ、なんか、綺麗《きれい》になってる？」

床はまるで「今モップ掛けをされたばかりです」とでも言わんばかりにピカピカに輝いている。それだけじゃない。テーブルの上もカウンターも、ピッカピカ。

まだ私、なにもしてないのに、おかしくない？

「おじいちゃ……」

おじいちゃんのほうを振り向くと、おじいちゃんも不思議そうな顔で言った。

「ポットが片づいとる」

「え？」

慌てておじいちゃんの元に駆け寄る。すると、さっきまで洗い物が置かれていたはずの流しには綺麗さっぱりなにもなくて、代わりに水切りラックに「今洗われたばかりです」と言わんばかりに水滴の滴り落ちるポットがきちんと並べられていた。

「うそ、これはどういう……」

ちょっと怖くなって口元に手を当てた私に、おじいちゃんは言った。

「どうやら閉店作業は終わったようだし、今日はもう帰ろう美宙。明日の朝来た時に、ちゃんとできているかはおじいちゃんがチェックする」

「そんな」

こんな不思議な現象を、なんでおじいちゃんは簡単に受け入れられるの？

顔をしかめている私に、おじいちゃんは言った。

「これもきっと、紅茶の神様かなにかのおかげだろう。実を言うとたまに、こういうことがあってね。そのおかげで店を一人で切り盛りできているようなものなんだ」

「そんな馬鹿な」

「深く考えたって仕方がないんだから、神様のお言葉に甘えてもう休もうじゃないか。明日もまた忙しくなるんだからね」

「まあ……」

確かに、私だってめっちゃくっちゃに疲れてるよ。早く家に帰って休みたいよ。

「ほら美宙、もう消灯して鍵を閉めるよ。早く荷物を持ってきて」

「う、うん……」

腑に落ちなすぎて右に左に何度も首をかしげながらも、私は荷物を持ち、おじいちゃんと一緒に店を出た。

家に帰り、お風呂にゆっくりとつかりながら考える。

「紅茶の……神様が？」

一体なんなん。紅茶の神様って。

そしてなんで、おじいちゃんはそんなものをあっさり受け入れられるの？

わからない……。心霊現象としか思えない。

「まさか、おばあちゃんの霊が……」

でもまあ、おばあちゃんの仕業なんだったら納得がいくし、怖いとは思わないかな。むしろありがとうって思う。でもねえ……。

どっちみち、本当にそんな現象が起きてるとか、やばいでしょ……。

「わからない。でももう疲れすぎてる」

はあ〜、湯船につかってると、身体《からだ》の節々の疲れが癒やされるなあ〜。

やがて私は考えるのをやめた。

おじいちゃんの言う通りかもな。考えてもわからないことは考えたって仕方がない。それより疲れをとって明日に備えるべきだわ。

5　臨時休業

怒濤《どとう》のゴールデンウィークが明けた翌週。

英国喫茶アンティークカップスは、通常営業に戻った。

さっそく細川君《ほそかわくん》が開店と同時にやって来てキューカンバーサンドを注文するし、すみれさんも十一時頃にやって来て、そろそろ午後三時になるけれどまだミルクティーを飲みながら読書をしている。

今日は正直言って暇だ。ついさっき井戸端会議のマダムグループが帰ってしまって、もう常連の二人しかお客様はいない。

手持ち無沙汰なので空いたテーブルを拭いていたら、すみれさんが顔を上げ、私に話しかけてきた。

「美宙《みそら》ちゃん、どうだった？　ゴールデンウィーク」

「おかげさまでいつになく大繁盛で……本当に慌ただしかったですね。今は日常に戻った感じがしてホッとしてます」

「そうよねえ。ゴールデンウィークは急に人が増えるから。わたくしねえ、ここのお店に来られないとつまらなくて、お友達とバスツアーになんか行ってきたのよ」

「お友達とバスツアーのほうが全然楽しそうじゃないですか」

私はそう言って笑ったが、すみれさんは首を振った。

「そんなことないのよぉ。わたくしにとってはこのお店で過ごす時間のほうが……。ツアーの場所も、もう何度か行ったことあったし。でも景色は良かったわね。眺めのいい湖畔のレストランでお食事をして。そういえば細川君はどうしていたの？　ゴールデンウィーク」

すみれさんは細川君のほうへ振り向き、声を大きくしてたずねる。こうしてすみれさんが細川君に話しかけることはたまにしかないのだけれど、細川君が一体どんな風に答えるのか、ちょっと楽しみでもある。

パソコンの画面とにらめっこしていた細川君は、ゆっくりと真顔でこちらを見た。

「特に何もしてませんでしたよ。部屋で小説書いたり、ジムでトレーニングしたり。でもいつもより原稿の進みが悪くて」

「このお店じゃないと、先生の筆が乗らないのね」

「まあ、そうです。うまい紅茶が飲めないと、気力が湧いてこないっていうか……。ここで書くことに身体《からだ》が慣れちゃってるってのもあるのかな。このお店、少し薄暗いから集中力が上がるのかもしれない……」

細川君は真剣な表情でぶつぶつ言いながら原因を考え始めたが、すみれさんは早くも興味が薄れたのか「ふぅん、なるほどねえ」と小さくつぶやき、フードメニューを見始めた。

「なんだかお腹《なか》が空《す》いてきちゃった。美宙ちゃん、クリームティーセット、お願いできるかしら。おすすめの紅茶をマスターに聞いてみてもいい？」

「かしこまりました、少々お待ちください」

すみれさんの席はカウンターのそばだから、すぐにおじいちゃんに声をかけられる。

ひょいっと首を伸ばし、カウンター内のおじいちゃんに呼びかけた。

「おじいちゃん、すみれさんにおすすめの紅茶教えてほしいんだけど……」

あれ？　おじいちゃんがいない？

返事もないし姿も見えない。

仕方がないので、早足でカウンターの中へ入っていく。

するとおじいちゃんが、床にうずくまっていた。顔色は青ざめ、脂汗が額に滲《にじ》み、顔を歪《ゆが》めている。

「えっ、どうしたのおじいちゃん！　大丈夫？」

私のその声が聞こえたのか、すみれさんが驚いてカタッと食器を鳴らすような音が聞こえた。

「大丈夫ですか、香山《こうやま》さんっ！」

すみれさん、めずらしく「マスター」ではなく「香山さん」とおじいちゃんのことを呼びながら駆けつけてきてくれた。よほど動揺しているのかもしれない。

すぐ後ろから、細川君もやって来る。そして二人ともおじいちゃんを見て言葉を失った。

「こ、腰が……」

おじいちゃんは声にならない声を絞り出すようにそう言って、歯を食いしばる。話すこともできないくらいに痛みが強いみたいだ。

「えっと……救急車呼ばないと」

慌ててバックヤードにスマホを取りに戻ろうとしたが、すみれさんがそれを制止した。

「まって美宙ちゃん！　わたくしがかけるわ」

ポケットから携帯電話を出し、すみれさんは救急車を呼んでくれた。お店の場所もわかりやすく説明してくれている。よく考えるともし私が電話していたら、お店の住所もうろ覚えだし、道の説明もろくにできなかっただろう。そうしたことも見越してすみれさんは自ら電話をかけてくれたのだ。

「すみれさん、ありがとうございます」

「いいのよ。だって一刻も早く来てもらわなくちゃ……」

そう言うと、すみれさんは泣きそうな顔でおじいちゃんのそばに寄り、手を取った。

「香山さん、しっかり」

すみれさんの瞳には涙が滲み、まるで祈りをこめるようにおじいちゃんの手を両手でぎゅっと包み込んでいる。それを見て私は、すみれさんにとっておじいちゃんがどんな存在なのかを悟った。しかしそんなすみれさんの呼びかけにも、おじいちゃんは返事ができない。

「マスター……」

細川君もよほどショックを受けているのだろう、深刻な顔をしている。

「美宙ちゃん、マスターに付き添って救急車に乗っていくよね？　今日はもうお店、閉めたほうがいいんじゃないかしら？」

すみれさんにそう言われてハッとする。そうだ、ボーッとおじいちゃんを眺めている場合じゃなかった。

「そ、そうですね……」

慌てて店の外へ走り、看板を裏返してCLOSEDに替える。えっと、あとはどうすればいいのかな……。

店内に戻ると、荷物をまとめた細川君がレジの前に立っている。スマホの電卓で、お会計を計算してくれているみたい。

「美宙さん、僕とすみれさんの分のお金、ここに置いておくから」

「あっ、ありがとう……」

慌ててお金を受け取り、レジの中のお金も一緒に手提げ金庫にしまった。そしてバックヤードに駆け込み、お店の鍵を取ってくる。

やがてサイレンの音がして、救急車が砂利敷きの駐車場に停車した。救急隊の方がおじいちゃんをタンカで運ぶ間に、細川君とすみれさんは荷物を持って外に出る。私も同時に、消灯して店を出る。

おじいちゃんと共に救急車に乗り込むまで、二人はじっと見守っていてくれた。この二人がいなかったら、私すごく心細かっただろうし、こんなにスムーズに対応できなかっただろうな。あらためて、自分のいたらなさを痛感してしまう。

救急車が発車する。窓から見える二人の姿が遠ざかる。けたたましいサイレンの音と共に信号の色も関係なく、救急車はぐんぐん他の車を抜いて進んでいく。こんな経験初めてのことだから新鮮だ。もう、経験したくないことでもあるけれど。

「結構揺れますから、気を付けてください」

「はいっ」

隊員の方が言う通り、車内は結構揺れた。アシストグリップを握りながら揺れに耐える。おじいちゃんの付き添い、しっかりしなくちゃ。あらためて、自分に気合を入れ直した。


おじいちゃんの診察が終わり、医師から説明を受ける。

「腰椎圧迫骨折ですね」

「そんな、骨折だなんて……」

ショックを受ける私に、医師は穏やかな表情で語る。

「高齢の方に多いんですよ。骨が脆《もろ》くなっているので、骨の変形や骨折が起こりやすいんです。日常生活の中で同じ動作を繰り返したりだとか、中にはくしゃみをしただけで骨折される方もいらっしゃいます」

「そうなんですね……」

普段、元気なおじいちゃんを見ていると、おじいちゃんがそんな歳《とし》だってこと、すっかり忘れちゃってた。でももう、八十一歳だもんね。気持ちは元気でも、身体は弱っているんだ。

しばらくして、お母さんがやって来た。診察待ちの間に電話しておいたのだ。

「大変だったわねー、おじいちゃんどうだって？」

「腰椎圧迫骨折だって。おじいちゃん一人暮らしだし、しばらくは入院になるけど、コルセットして痛み止め呑《の》めば日常生活は大丈夫みたい。半月から一ヵ月くらいで治るって」

「そう。じゃあ退院したらしばらくは、おじいちゃんの様子よく見てあげないとね」

「そうだね……。私がおじいちゃんのとこに通うよ。ご飯も用意してあげないとだし」

「いいけど、あんたまともに料理作れんの？」

お母さんにそう言われ、思わずびっくりする。

「お母さん、私何歳になったと思ってんの？　もう二十八だよ？」

「何歳だろうが関係ないでしょ。東京では自炊してたの？」

「してたよー。一応たまには……休日とかに、気が向けばね」

「ほら、これだもの。大体うちに帰ってから、ほとんど料理なんかしてないじゃない。今度作ってみなさいよ。おじいちゃんが食べる前に味見しないとね。腰が痛い上にまずいもの食べさせられたんじゃ、おじいちゃんが可哀想《かわいそう》……」

「あのねぇ……」

と、看護師さんがやって来た。

「香山さんの付き添いの方ですか？」

「そうです」

「病室の用意ができましたので、ご案内します」

「はい」

看護師さんに案内されるままについていく。この総合病院は広いから、下手したら迷子になってしまいそうだ。私やおじいちゃんの住んでいる田舎町には小さな個人病院しかない。だから大病した時は、大抵隣の市にあるこの総合病院に来ることになる。私も子供の頃に来たことがあったけれど、その時とは違って建物も新しくなり、病院というよりはまるでホテルみたいに綺麗《きれい》だ。

病室に入ると、既にベッドにはおじいちゃんが横たわり、スヤスヤ眠っていた。

「鎮痛剤を打ちましたので、しばらくは痛みも出ないと思いますよ。今のうちにご自宅に戻って、入院に必要なものを持ってこられたほうがいいかもしれません」

「それなら、あらかた持ってきてます」

お母さんが脇に抱えた大きなトートバッグを指さすと、看護師さんは微笑《ほほえ》んだ。

「さすがですね。では、何かあったらナースコールでお呼びください」

そう言い残し、看護師さんは去っていった。

眠っているおじいちゃんの顔を覗《のぞ》き込《こ》みながら、お母さんは言った。

「とりあえず痛みが引いて良かったけど……。この様子だとしばらくはお店どころじゃないわねえ」

「そうだね……。あっ」

お客様が来た時に、CLOSEDの札だけじゃ状況がわからないよね。営業できないのに何度も来店してもらったら申し訳ないし。何か説明書きをした紙でも、貼ったほうがいいんじゃない？　今日はもう遅いから、明日の朝にでも貼りに行かなくちゃ。

「これでよしっと」

ザーザー降りの雨の中、傘を差しながら自分の貼り付けた「臨時休業」の貼り紙を眺める。

【店主体調不良のため、しばらくの間臨時休業と致します】

朝からパソコン出して、久々にエクセルで貼り紙作っちゃった。辞めた会社で新入社員だった頃は庶務担当だったから、よく作ってたなあ、社内掲示用のポスターとか。あの頃から私の作る掲示物は評判良かったけど、今回の「臨時休業」も、なかなかいい出来だ。本当はパウチでもかけたかったとこだけど、そんなものはないのでクリアファイルに入れて周りをテープで目張りした。これで一応、雨水がかかっても滲《にじ》まないだろう。

「はー、しばらくはお休みかあ」

なんだかふわふわした気分だ。本来私、仕事なんか好きじゃなくて、休みの日が大好きだったはずなんだけど……。今日もお店にいたかったなって、ちょっとだけ思う。一体何日休業になるかはわからないけど、当分はここに来ないんだもんな。細川君やすみれさんにも会えないし、権田《ごんだ》さんの息子さんとのお見合いの話も中途半端なままだし。

まあそもそも、私本当は就活に専念しなきゃいけないんだよなあ。こうしていつまでもここでバイトしていられるわけじゃないんだから。

ゴールデンウィーク最終日の夜、私はちょっと戸惑っていた。私が繁忙期だけに駆り出されたバイトなのだとしたら、明日からお店に来なくていいって言われちゃうんじゃないかと思ったのだ。

そして、そこのところの確認をなんとなく、できずにいた。なんでも話しやすいおじいちゃんだけど、私に優しいからこそ、聞けなかった。

ここでのバイト、いつまで続けていいの？　って。

でも黙って閉店作業をしていたら、おじいちゃんはこう言った。

「美宙、ご苦労だったね。来週からはまた通常営業に戻るから安心しなさい。都合のつく日は今まで通り、開店から閉店作業まで頼むよ」

「うん、わかったー」

ほっと胸を撫《な》でおろし、笑顔で私はそう答えた。

おじいちゃんにはなにげない返事に聞こえただろうが、私はとても嬉《うれ》しかった。

うん、わかったー。なんて答えたけれど、本当はありがとうおじいちゃん！　私もそうしたかったの！　って思ってた。

「でも将来のこと考えたら、ここでずっとバイトってわけにもいかないか」

ぽつりとそう独り言をつぶやく。

雨音が騒がしいせいか、平気で独り言を言えてしまう。

心の中がそのまま流れ出すみたいに。

「私本当は、他の場所に就職なんかしたくないなあ……なんて」

「なに突っ立ってんの？」

「わあっ！」

驚いて思わず大声をあげてしまった。

いつのまにか私の背後に、傘を差した細川君が立っていた。

「ごめん、びっくりして」

私はそう言ったが、細川君はじーっと「臨時休業」の貼り紙を見つめている。

「お店、しばらくはお休み？」

「うん、そうなの。ごめんなさい、せっかく来てもらったのに」

「いや、いいよ。きっとそうだろうと思っていたから」

きっとそうだろうと思っていたのに、わざわざ雨の中店まで歩いてきたのか。細川君ってやっぱり変わってるな。

「ここの近くに住んでるの？」

なんとなく、どれくらい歩いてきたのか興味が湧いてきた。そういえば細川君の生態についてて私はまだよく知らない。

「まあ近いといえば近いかな。徒歩十五分ぐらい」

「あんまり近くないね」

「そう？　田舎の人にとって徒歩十五分ぐらいなら近いって感覚なのかと思ってた」

「いや、田舎の大人は車の移動が当たり前の生活だから、かえって歩かないよね」

なんだろうこの普通の会話。久々だな。

友達と喋《しゃべ》ってるみたい。

「駅のそばに住んでるの？」

「そう。駅前のリゾートマンション。別荘として借りてる人が多いみたいだけど、僕はしばらくそこに住み続けるつもり。マンション内に露天風呂とサウナとジムがあって最高なんだ」

「へー。確かにそれは最高だね。でも友達や家族とも離れて知り合いのいない土地で暮らすなんて、本当に思い切りがいいよね。寂しい時ないの？」

「全然。元々家族とはそりが合わないから……。一人が好きなんだ。大体、美宙さんだって家族と離れて東京でずっと暮らしていたわけでしょ？」

「あ、言われてみればそっか……」

細川君はまだ一年だものね。私なんか、十年も一人で暮らしていたじゃないの。

「だけど、この土地を気に入ってるのには実は理由があるんだ。僕は……」

そこまで言うと細川君は、少し話すのをためらうように言葉を詰まらせた。

「えっ？　なになに？」

私が細川君の顔を覗き込むと、細川君はちょっと恥ずかしげに言った。

「僕、マスターとこのお店に惚《ほ》れ込《こ》んでてさ。マスターのお店があるから、この土地で暮らしたいって思ったんだよ」

「……まじですか」

びっくりした。

このお店があるから、こんな山間《やまあい》の田舎町に住もうと思ったのね!?

それって……お店とおじいちゃんへの愛、めっちゃ強いじゃん!

「そりゃあ、毎日のように通うわけだね」

そう言うと、細川君は笑った。

「まあ、そういうこと」

なんだか嬉しくなって、私も笑ってしまった。変わり者で、なかなか打ち解けられないと感じていた細川君との距離が、一気に縮まったように感じる。

「そんな事情があるんじゃ、長く臨時休業してしまうの、申し訳ないね」

「マスター、だいぶ悪いの?」

不安げな顔。細川君はお店だけじゃなく、おじいちゃんのことが本当に大好きなんだ。

「どうなのかな……。お医者様は退院後もしばらく安静に過ごすようにって言ってた。ゆっくり休んでちゃんと治したほうがいいと思う」

「うん、そうだよ。無理をして悪化したら大変だ……。お店、できれば続けてほしいし」

そう言って深刻な顔になる細川君を見て、今更のように思う。

ああ、最初は感じ悪いなあって思ってたけど、細川君ってすっごく真面目で一途《いちず》な人なんだ。ただちょっと、人とのかかわり方が不器用なだけで。

「私もここで過ごす時間が大好きだから、ちゃんと養生して、おじいちゃんが元気になって、これからもお店を続けてくれたら嬉しいなって思う」

細川君、こくり、とうなずいた。

そうだよね、こんなお店、なかなかないもん。


それからすぐに、私たちはそれぞれ帰路に就いた。なにせ雨足が強すぎて、傘を差していてもしのぎきれないほどだったんだもの。

車で近くまで送っていこうか？　とたずねたけれど、細川君は雨の中を歩くのは嫌いじゃないから、と言ってそのまま歩いて帰った。本当に、変わってるんだから……。


一週間後。

私は退院したおじいちゃんの家に、お昼ご飯を作りに来た。

「親子丼でいいかな？」

「ありがとう、助かるよ美宙」

「任せといて！」

張り切って玉ねぎを櫛切《くしぎ》りにしていく。

正直言って料理が得意ってわけではないけれど、親子丼はうちで練習してきた。両親に食べてもらったら合格点だと言われたので大丈夫だろう。

だし、醤油《しょうゆ》、みりん、酒、砂糖を入れて玉ねぎを煮る。しばらくしたら鶏肉《とりにく》を投入。よし、火が通ったら溶き卵を流し込んで……。

ぷるっぷるの半熟親子丼の出来上がり！

「美宙の料理を食べられる日が来るなんてね……」

おじいちゃんは嬉しそうに、親子丼を頬張る。

「うまいうまい」

「やったね」

へへ、と笑いながら私も一口。うん、上手にできてる。うちで練習しておいて良かった。

親子丼を食べ終わり、食後のお茶を啜《すす》る。はー、お腹《なか》いっぱい。

「おじいちゃん、具合どう？」

「うん、大丈夫だ。痛みも軽くなってきたよ。まだしばらくはコルセットをしていたほうがいいみたいだがね」

「それは良かった」

ほっとした。おじいちゃんが救急車で運ばれた時はどうなることかと思ったが、比較的経過がいいようだ。

「それでまあ、店のほうが気になってね。来週あたりから、再開しようかと思っとる」

「来週⁉　それはちょっと早いんじゃない？」

退院したばかりなのに、と驚いた。おじいちゃんは笑っている。

「いや、おじいちゃん一人だったらそうはしなかったが……美宙がいるからね。美宙に手伝ってもらえるなら、来週から再開できると思うんだ。とは言っても、時短営業と簡単なメニューだけで、しばらくはやっていこうかと思ってね。紅茶はおじいちゃんが淹《い》れて美宙にホールをしてもらえばいい」

「確かに、それなら……」

「それでね」

コホン、と咳払《せきばら》いをし、意を決したような顔で、おじいちゃんは言った。

「おじいちゃん、近いうちに店を、畳もうと思うんだ」

「………え？」

ショックで言葉を失っていると、おじいちゃんは続けた。

「今回のことでわかったんだよ。気持ちでは死ぬまであの店を続けたいと思っているが、もう身体がついていかないんだってことがね……。縮小営業をするのは、今まであの店を愛してくれたお客様に、最後のご挨拶といったところだ。その後はおじいちゃんも今流行《はや》りの『終活』ってやつに専念するよ」

「そんな、終活だなんて……」

思わず涙ぐんでしまう。

「大事なことだよ。おじいちゃん、それなりに価値のあるカップをたくさん持っているから、そのカップも誰か価値のわかる人のところに旅立たせてやらんとね……。店だってちゃんとおしまいにしないと、急に何かあった時に、残された人に迷惑をかけることになる」

「せっかくの素敵なお店と、おじいちゃんのカップが……」

お店がなくなることも、いつかおじいちゃんがいなくなってしまうことも……想像するだけで辛《つら》すぎる。

「ありがとう美宙。もし美宙の欲しいカップがあるなら、どれでもあげるよ」

おじいちゃんが優しい声でそんなことを言うものだから、涙が溢《あふ》れて止まらなくなって、私はしばらくティッシュで目を押さえながら泣き続けた。

もうあのお店は閉店するしかないのかな。たくさんの人に愛されていて、唯一無二の魅力があって、あんなにも心温まる場所なのに。

おじいちゃんの美学を感じる素敵なカップのコレクションも、離れ離れになるしかないのかな。個性豊かなのにどこか調和のとれた、あの不思議なカップボードを眺めるのが大好きだったのに。

そんなの、嫌だよ。

夜、なかなか寝付けないまま私は布団に包《くる》まっていた。読書したり動画を見たりする気にもなれず、ネットのニュースを読む気にもなれず、ただただ、布団の中で丸まって涙目になりながら、考え続けていた。

「あのお店が閉店しちゃうなんて……。おじいちゃんのコレクションがバラバラになるなんて……」

どうしても、そのことが頭から離れない。だがおじいちゃんの年齢と体調を考えればどうしようもないことだろう。誰かが、後を継ぐのでもなければ。

「継ぐって言ったって……」

はあ、と深いため息をつく。おじいちゃんが店を畳むつもりだと知ってから、ずーっと悲しくて憂鬱で、気持ちが沈み続けている。包まっている布団が涙とため息を吸い込みすぎたのか、湿り気を帯びてきた。

「なんか今日、蒸してるな……。っていうかあっつい」

段々イライラしてきた私は、布団から這い出《はで》て部屋の窓を開けた。

――ふわっ。

すがすがしい空気が頬をかすめ、室内に流れ込んでくる。

「……ふぅ」

風を感じながら夜空を眺める。

「やっぱり星が、よく見えるな……。山の影も見えるけど」

そんな独り言を言いながら、思わずクスクス笑ってしまった。とんでもないド田舎だけど、結局私はここが好きなのよ。

次第に、涙ぐんでいた瞳も乾いてきた。

「うじうじ泣いてたって、仕方がないよね。泣いてどうなるっていうの」

わかってるんだ。解決策は一つしかない。

誰かが、あのお店を継ぐしかない。

だけど今のところ、あのお店を継ぎそうな人なんて誰もいない。

――まさか、私が？

今までほとんど事務員しかしたことのない、私が？

接客業の苦手な、私が？
特に紅茶について詳しいわけでもない、私が？
道を踏み外したことも、冒険も、したことのない、私が？
「さすがにそんな自信は……」
考え事をしながらぼーっと星空を見ていたら、思い出した。
そうだ、居場所だ。
居場所は、どこかに必ずあるはず。そう思って私は会社を辞めて、地元に戻ってきた。
そして私はそれを、見つけつつあった。
心が誰かと通い合う感覚。温かい気持ちでいられる場所。
居心地、いいんだよな。
あの場所なら、きっと……。
そしてあの場所を守れるのは。
「私しかいないんじゃない？」
顔を上げ、試しにはっきりと声に出してそう言ってみる。
声は私の耳にだけくっきりと届き、静けさと星空の中に溶け込んで消えていく。
不可能か、可能か。なんだか不可能が九十パーセントくらいに思えていたけれど、声に出して言ってみたら、勇気が湧いてきた。

そんな突拍子もないこと、できるのかどうかわからない。

だけどできるのかどうか、やってみるしかないんだ。


翌日。また私は、おじいちゃんの家にご飯を作りに来た。今日はカレーライス。市販のルーを使った家庭のお味……。これなら失敗しにくいし、残ったら冷凍保存してもいいしね。

さて……カレーの具材を煮ている間、少し時間がある。

私はおじいちゃんに声をかけた。

「おじいちゃん、実は話があって」

「ん？　どうしたね？」

おじいちゃんは新聞を読むのをやめ、顔を上げた。

「あのね……私」

——こんなの、現実的じゃないのかな。私、接客業なんか全くの初心者で、何も知らないし。

紅茶だってうまく淹れられないし、知らないことばっかりだし。

だけど、どうしても……守りたいものがある！

意を決し、私はおじいちゃんに言った。

「私、あのお店を、継ぎたいと思ってるの！」

「…………ほう」

驚いた顔で、おじいちゃんは私を見つめる。

こんな、素人の私が店を継ぎたいなんて言い出したら普通の人なら止めるよね。でも今言わなくちゃきっと後悔する気がしたのだ。

私にとってそのくらいあのお店も、あのお店のカップたちも、大事なものだから。

「そうかね」

おじいちゃんは何度もうなずいた。

部屋の中に、ぐつぐつとカレーの煮える音だけが小さく響く。

……さすがに、それは無理だろうって、言われちゃうかな。

だけどそれでも私は、お店を継ぎたい気持ちがあることを、おじいちゃんに絶対に伝えたかったんだ。伝えないまま、可能性の扉に手をかけないまま、あのお店が終わっていくのをただ眺めていることなんかできない。そんなことしたら、きっと一生後悔する。

おじいちゃんはしばらく沈黙し、目を瞑《つぶ》っていた。

だけどやがて瞼《まぶた》を開き、もう一度私を見つめた。

まるで瞳で直接話しかけるみたいに、真剣なまなざしで。

「じゃあ、これから勉強してみるかい？　あの店のマスターになるために必要なことを」

「お願いします！」

私は深々、頭を下げた。

6　マスターのお勉強

営業再開初日。

今日から英国喫茶アンティークカップスは、縮小営業でお店を再開することになった。営業時間は午前十一時から午後四時まで。紅茶の品揃《しなぞろ》えは変わらないけれど、フードメニューは既製品のショートブレッドのみ。

「美宙《みそら》の作った貼り紙は本当に上手だね」

店に貼り出した縮小営業のお知らせの貼り紙を見て、おじいちゃんは嬉《うれ》しげにしている。文字だけだと寂しいかと思ってカップの写真も撮影して挿入したのだけれど、その写真をいたく気に入った様子だ。

「シンプルだけれどカップへの愛を感じる、いい写真だ」

「ただ窓際で適当に撮っただけだよ」

照れ笑いしながらそう答える。でも我ながらいい写真かも。自然光の中で撮影したせいかカップが生き生きとして見える。

「さすがに今日は誰もお客さん来ないかな？」

私がカウンターに頬杖《ほおづえ》をつきながらそう言うと、おじいちゃんは首を横に振った。

「いいや。もうすぐ来るはずだよ。見慣れた人らがね」

「えっ？　誰かに営業再開するって連絡してあるの？」

「ああ、一応ここに来る前に……」

とその時、カランコローンと店のドアが開く。

「お久しぶりです……」

姿を現したのは、細川君《ほそかわくん》だった。リュックを背負ってのそのそカウンターに近づくと、おじいちゃんに一礼する。

「お元気そうで良かったです」

「しばらく店を休みにしていてすまなかったね。ダージリンファーストフラッシュの新入荷のものがいくつかあるよ」

「じゃあ今日はそれをおすすめの順番でいただきたいです」

「オーケー」

おじいちゃんは嬉しげにフォッフォッフォと笑う。細川君も絶対に嬉しくて仕方がないくせに、わざとクールぶったような顔で定位置の奥の席に陣取ると、さっそくノートパソコンを広げ始めた。これが男同士の絆《きずな》ってやつなのかな。変なの、と思いつつ、私もついつい顔がにやけてしまう。

続いて砂利敷きの駐車場に車が入ってくる音がする。窓から外を見ると、そこには白い外車のコンパクトカーの姿が。

「あの車って……すみれさん？」

案の定、その小洒落《こじゃれ》た外車から姿を現したのはすみれさんだった。ミントグリーンのサマーニットにパールのネックレスが程よいアクセント。淡いグレーのタックパンツと、レースでできたシースルーのパンプスを合わせて、涼やかな装い。

こちらもこちらで相変わらず、今日もバッチリ決めてきたな……。

と思いながら眺めていたら、急に誰かが走ってきて、すみれさんの肩をバシン！　と叩《たた》いた。誰かと思えばポロシャツに酒屋の前掛け……権田《ごんだ》さんだ。

やあね何するのよ、というすみれさんの声がして、その後二人の笑い声が響いてきた。

――カランコローン。

「もう最悪よ。久々にここに来られたのに、嫌な人に会っちゃって」

すみれさんがオーバーに眉をひそめる。すると権田さんが大声でまくしたてるように言った。

「嫌な人ってのはあんまりじゃねえかい？　俺とすみれのアネゴの仲だんベーな」

「まあっ！　アネゴだなんて勘弁してほしいわ。年上なのがバレるじゃないの。……まったく嫌になるわね、生きれば生きたなりに歳《とし》をとってしまって」

「歳をとらないためには、死ぬしかねぇってかい？」

「でもどうする？　歳をとらなくなると思って幽霊になったのに、幽霊になっても歳をとるものだったりしたら」

「まぁそれだったら、幽霊ってのはみんな、しわっしわのくっちゃくちゃってことになるんだんべぇなあ」

「…………」

　それからふふふ、とどちらともなしに笑い始めて。

「お二人とも、お待ちしてました」

　お決まりのやりとりに私もつられ笑いしながら、二人をカウンターに案内する。ああ、こういう日常をまた感じられるようになって幸せだな、としみじみ思う。

　こうしてご常連は初日から来てくれたのだけれど、それ以降お客は全く来なかった。まあそれはそうだろう。ほとんど誰も、今日からこのお店が営業を再開したことなんか知らないのだから。

「じゃ、俺ぁさっそく店が再開したことを駅前の商店街で言いふらしてくっから。ごちそうさん！」

そう言って権田さんは去っていった。騒がしいし田舎のおっちゃん丸出しの人だけれど、やっぱり権田さんは頼もしくて憎めない性格をしている。

細川君はいつも通り、パソコンに向かって執筆に専念しているし、すみれさんも読書を始めた。店内が一気に静かになる。

「しばらくは暇だろうね……。それじゃあ美宙、さっそくアレをやるかい」

ふいにおじいちゃんにそう言われ、私はうなずいた。

「お願いします！」

アレ、というのは私がこの店のマスターになるためのお勉強のことだ。

私はアンティークカップに関しては多少の知識があるものの、紅茶のこともカップのことも、まだまだ知らないことだらけ。飲食店を営むことに関しても全くの無知。だからこれから暇な時間はおじいちゃんに色々教わり、現実を知った上で店を継ぐかどうかあらためて考えてみたらどうかと、おじいちゃんに言われたのだ。

私の無謀な申し出を頭から否定したりせずに、こうして対応してくれるおじいちゃんって本当に優しいと思う。

「それじゃあまずは、紅茶の淹《い》れ方《かた》だね。うまい紅茶を淹れられるようになることが、この店のマスターになる上で最も重要なことだ」

「はい……ちょっと待ってね」

ポケットからメモとボールペンを取り出す。おじいちゃんの説明、全部聞き逃さないようにしなくっちゃ。

「あ、美宙、メモはそこに置いておきなさい。まずは美宙が紅茶を淹れてみてくれんかね？」

「えっ……」

何も教わらずに、ですか⁉

「美宙がどのくらい紅茶のことを知っているのか、美宙の淹れ方を見ればわかると思ってね。そのほうが効率よく教えられるから」

「そうね、まあ……」

どのくらいも何も、私はほぼ紅茶のことなんか何も知らないに等しい。

子供の頃はこのお店が大好きでよく来ていたけれど、注文するのは決まって甘〜いロイヤルミルクティーで、他の紅茶は飲んでみたこともなかった。東京で一人暮らししていた頃は手頃な値段のティーバッグの紅茶を適当にマグカップの湯に浸して飲んでいただけ。最近おじいちゃんの店で働くようになって紅茶に興味は出てきていたけれど、実はまだリーフティーをポットで淹れることには慣れていない。

でも……ありのままの自分をさらけ出すしかないよね。

とりあえず私は紅茶を淹れてみせることにした。

「どの紅茶を淹れようかな？」

「うーむ、どれでも好きなものでいいがね……」

ずらりとティーキャニスターの並ぶ棚を眺める。

すると、一つのキャニスターが目に付いた。

正山小種？

なんて読むんだろう。

ふと気になって手に取ってみると、後ろで見ていたおじいちゃんが笑った。

「おお、ラプサンスーチョンかい。随分と渋いチョイスだね」

「そう……なの？　これってどんな紅茶？」

「中国の紅茶だね。かなり燻製香《くんせいこう》が強くて、好みの分かれる茶葉だよ。でも昔のイギリスではこのチャイニーズティーを振る舞えることが一種のステータスだったんだ。当時は高価なものだったからね」

「へえ……。でもあまり中国って紅茶のイメージないよね」

「なんと……」

おじいちゃんは目を見開き、言葉を失っている。

「えっ？　私なにか変なこと言った？」

「そうだね……美宙にはまず、紅茶の歴史の話からしたほうが良さそうだ」

「紅茶の歴史……」

あらたまってそう言われると、確かに紅茶の歴史なんて知らない。きっとずっと昔から西洋で飲まれていたものなんだろうなー、程度にしか思っていなかった。

「まず、茶の発祥地は中国なんだ。中国では紀元前から茶を薬として飲んでいたと言われていてね」

「うんうん」

そこはなんとなく、不自然な感じはしない。中国茶とか有名だし。

「その後西洋人が茶の存在を知ったのは、大航海時代の十五世紀後半。そして茶を輸入するようになったのは、実は十七世紀に入ってからのことなんだよ」

「えええ？　そんなに最近のことなの⁉」

もっとずっと昔から、西洋では紅茶を飲んでいたのだとばっかり思っていた。

「しかも輸入当時のお茶は、緑茶だったんだ。その頃はまだ、烏龍茶《ウーロンちゃ》も紅茶も誕生していないからね」

「えっ？　烏龍茶も紅茶もなかったの⁉」

再び驚きだ。烏龍茶なんて、古くから中国で親しまれておりました、っていうイメージだったけど。

「そう、意外と発酵茶の歴史は新しいんだ。当時の西洋人にとって、茶は東洋のものめずらしい異文化だったから、貴族たちの興味をひいた。そして輸入されてきた緑茶を飲むために、西洋人はカップ＆ソーサーを生み出したんだ。当時は中国からの茶器を輸入するのにはかなりのコストがかかったから、中国の茶器に似せたものを、西洋で作ろうとしたわけだね」

「そうだったの……」

私からすればカップ＆ソーサーといったらいかにも西洋のものというイメージだ。でも西洋人からしたら、東洋の異文化に憧れて生み出した、東洋の文化をなぞったものだったのか。

「アンティークカップのモチーフには東洋的なものが多いと思わんかね？」

「確かに。ウィローパターンとか、イマリとか、インディアンツリーとか……」

子供の頃、お店に来るたびおじいちゃんにカップのパターンの名称やそのカップにまつわる話を聞いていたが、紅茶の歴史を知るとまたガラリと景色が変わって見えることに気づく。私、まだまだ何もわかってなかったんだ。

――もっと紅茶の文化について、知りたい！

そうして私が瞳を輝かせていたからか、おじいちゃんはまた意気揚々と、紅茶の歴史について語り出した。

「今の情報化社会の時代とは違って大航海時代には、アジアの茶の文化についての詳細な情報はなかなか西洋に伝わってこなかった。だから西洋人は輸入されてきた茶器を見て独自にその使い方を解釈してね。皿の上に茶碗《ちゃわん》をのせて飲むんだと考えた」

「えっ、勘違いってこと？」

「そう」

おじいちゃんは嬉《うれ》しげにうなずいた。

「その輸入した茶器を真似《まね》て、西洋人はティーボウルと呼ばれるハンドルのついていないカップ＆ソーサーを生み出した。それで、ティーボウルからソーサーに茶を流し、ソーサーに口をつけて飲んでいたんだよ」

「ソーサーから!?　なんで!?」

　思わず大きめの声でそう叫んでしまった。だってどう考えてもおかしいでしょ。ソーサーから飲むなんて。

「カップに入っているお茶をソーサーにうつしたほうが、温度も下がって飲みやすかったんだね。西洋人には猫舌な人が多いから……。それに当時はポットも高価な品だったから、カップに茶葉と湯を注いで、出来上がった茶をソーサーにうつして飲んでいたんだ」

「なんか、あまり格好良くないような……」

「でも当時の西洋人は神秘的な東洋文化を楽しむ気持ちでそうしていたんだよ」

「なるほどね……」

　私は、茶が伝来したばかりの頃の西洋人に想《おも》いを馳《は》せた。まだ東洋から西洋まで船で何カ月もかけて航海していたような時代。きっと見知らぬ東洋の茶文化は、西洋の人々の心を惹《ひ》きつけたのだろう。

「では、茶葉の話に戻ろうか。一六〇〇年代前半に中国の武夷《ぶい》で、半発酵茶である烏龍茶が誕生し、その後生産が始まった。そしてそれがイギリスに輸入されるようになると、烏龍茶のほうがものめずらしいということで注目され、その後人気を獲得していくんだ。武夷の茶は『ボヒー茶』と呼ばれてイギリスで親しまれていた。そして発酵茶の売れ行きが良かったものだから、さらなる発酵を重ねるようになる。そうした末に、紅茶が誕生したわけだね」

「そうだったの……」

歴史ってのは妙なものなんだなあ。茶碗をお皿にのせて使うという間違った解釈がされていなかったらカップ&ソーサーは生まれていなかったし、貴族たちが烏龍茶のものめずらしさに惹かれていなかったら、紅茶は生まれていなかったかもしれないんだ。

「そしてこのラプサンスーチョンという紅茶は、その武夷の紅茶なんだよ」

「な、なんと!?」

そんな話聞いたら、めっちゃ飲みたくて仕方なくなるじゃないですか、ラプサンスーチョン。

「ただねぇ、本当に独特な香りがするよ、ラプサンスーチョンは」

「そう……なの?」

キャニスターの蓋を開け、鼻を近づける……までもなく、強烈な香りが漂ってきた。

「うそ。なにこれ紅茶なの? まるで正露丸《せいろがん》みたいな……燻製みたいな……煙たい匂い」

「そうだろう。だがそれがクセになる人もいるんだよ。美宙も飲んでみるかい?」

「そのうち、ね……。今日は違うのにしてみる。おじいちゃんのおすすめある?」

私は苦笑いしながら、キャニスターの蓋を閉めた。

「どんなのが飲みたい気分だい？」

たずねられ、うーんと唸《うな》りながら考える。

「爽やかな……紅茶」

とにかく今嗅いだ強烈な燻製みたいな香りの紅茶でないものが飲みたい。

「それなら、これはどうかな」

おじいちゃんに手渡されたキャニスターを開けると、中に黒褐色の細かい茶葉が入っているのが見えた。表面のラベルにウバBOPと書かれている。

「ウバ茶って、名前だけは知ってる」

「スリランカの紅茶だよ。ダージリン、キームンと並んで世界三大紅茶とも言われているんだ。ミントのような爽やかな香りが特徴だね」

「へえ、良さそう……。じゃあこれを淹れてみるね」

「うむ」

「えっと、まずはお湯ね」

やかんに水を入れ、湯を沸かす。沸くのを待っていたら、おじいちゃんがカップを棚から取り出し、手渡してくれた。お店のカップボードに並んでいる華やかなカップとは違って、白地にコバルトブルーの模様だけのカップ。

「このカップは……どういうカップなの？」

「どういうカップだと思うかね？」

まじまじとカップを見つめる。なんだかパッと見、イギリスのアンティークカップというより北欧風のデザインにも見えるシンプルなカップが二つ。

でもシェイプと彩色部を見ていたら、段々何かが浮かび上がってきた。この雲みたいにモクモクしたマークとひし形の並びには見覚えがある。ここに他の色や金彩をのせたら……。

「これってもしかして、ロイヤルクラウンダービーのイマリ？」

ロイヤルクラウンダービーのイマリパターンは、日本の伊万里焼《いまりやき》を真似て作られたものだ。様々な模様のものがあるが、代表的なトラディショナル・イマリと呼ばれるパターンは深いコバルトブルーと朱色と金彩で、花とひし形模様が交互に描かれている。

「その通り。さすが美宙だ。これはイマリの未完成品が市場に流通したもので、アンフィニッシュドイマリと呼ばれているものなんだよ」

「そういうのもあるんだね」

まじまじとカップを見つめる。シンプルなのが逆に愛らしくも思えてくる。

「おじいちゃん、暇な時は休憩がてら、カウンターの中でお茶を飲むんだがね、お客様よりきらびやかなカップを使うのも申し訳ないかと思って、よくこのカップを使っているんだ」

「なるほどねぇ」

そんなことを話しているうち、やかんのお湯が沸いたのか、ボコボコいい始めた。

私は慌ててキャニスターを開け、ティーキャディースプーンで一杯茶葉をとり、ポットに入れた。

このくらいで……いいんだっけ？

正直、ポットに何杯の茶葉を入れればいいのかわからない。とりあえず一杯でやめておき、再び首をかしげながらやかんの火を止め、お湯をなみなみ注いだ。

そしてポットに蓋をして……。

しばらく待てば、いいでしょう！

でもなかなかポットの中のお湯に色がつかない。どうしよう……良くない予感がする。

気まずいなあと思いながら、ポットを揺する。お願い、こんな薄い水色《すいしょく》じゃ、恥ずかしくておじいちゃんに出せないの……。

しかし私の願いもむなしく、水色は薄いまま。

そういえば、お湯を入れてから一体何分経《た》ったんだろう。きっとそういうのって大事だよね。でも焦っていたから、時計なんか見ていなかったし砂時計も用意していなかった。

気まずいな、と思いながら、薄いお茶を二客のアンフィニッシュドイマリに注ぐ。

「どうぞ、お召し上がりください……」

おじいちゃんはふむ、とうなずきながらカップを手に取り、一口啜《すす》った。

「ありがとう美宙。大体、わかったよ」

「そうですか……」

恥ずかしくて顔が火照ってきた。自分の淹《い》れた紅茶を飲んでみる。このお店の紅茶はどれも茶葉がいいから、案外美味《おい》しいかもしれない。

だが、口に含んだ瞬間、すぐにわかった。

「……おじいちゃんがいつも淹れてくれる紅茶と、全然違う」

確かに茶葉がいいからほのかに爽やかないい香りが漂った。だが香りも薄いし、味もあまりしない。それでいて、後味が渋い。

「美宙は、味覚が鋭いんだね。ちゃんと味の違いがわかるんだから」

そう言ってフォッフォッフォとおじいちゃんは笑い始めた。

「いや、こんなの誰だって違い、わかるってば。ごめんねおじいちゃん、まずかったでしいわけがない」

ょう？　おわかりかとは思うけど私、紅茶のことほとんど何も知らないの」

「そんなの、これから知っていけばいいだけの話だ。それに孫が淹れてくれた紅茶がまずいわけがない」

笑いながら、おじいちゃんは紅茶を再び啜る。

うう、早く美味しい紅茶を淹れられるようになりたい！

「それじゃあ、今度はおじいちゃんが紅茶を淹れるからね。よく見ておきなさい」

そう言っておじいちゃんは、やかんでお湯を沸かし始める。

「美味しい紅茶の淹れ方は茶葉によっても異なるし人それぞれ解釈があるんだ。だが基本的には、茶葉がジャンピングするように淹れると美味しくなると言われている」

「ジャンピング」

「うむ。これから、それをやって見せるからね」

「うん」

やがて湯が沸きそうになると、おじいちゃんは熱湯でポットとカップを温めた。

「あ、さっき私、これをしなかった」

思わずそう言うと、おじいちゃんは嬉《うれ》しげにうなずいた。

そしてすぐにポットに茶葉を入れ、やかんから沸騰し始めたような音が聞こえた途端、火を止め、茶葉めがけて湯を注いだ。

すると、しゅわしゅわ、と茶葉たちが水面のほうへ昇っていき、それからポットの中をまるでダンスするみたいに、自由に泳ぎ始めた。

「わあ……こんな風になるのね！　すごい！」

きっと今までおじいちゃんが淹れていた時にはこうなっていたのだろうけれど、仕事中であまり見ていなかった。

ふわーっと下から浮き上がったやつもいれば、ささーっと下に落ちていったり……。

「なんか、見ているだけで癒やされる」

私がそう言うと、おじいちゃんは笑った。

「そうだね。それもまた、ジャンピングの魅力かもしれんな」

それからしばらくして、茶葉たちはゆっくりと下に落ちていき、やがてほとんど全部の茶葉が沈み終えた。

「さあ、そろそろ美味しい紅茶ができた頃だ」

おじいちゃんはアンフィニッシュドイマリに紅茶を注ぐ。

「飲んでごらん」

カップに、ゆっくりと顔を近づけてみる。

「わあ、爽やかでいい香り……」

そして、一口。

「すごく美味しい。爽やかな香りとしっかりとしたコクがあって、渋みが心地よくてキレがある。お茶のうまみとか良さが充分に出ていて、さっきとは全然違う」

「そうだね。茶葉本来のうまみを最大限に引き出してあげることが大事なんだ。その引き出し方は茶葉によっても変わってくる。低温でじっくりがいい場合もあるし、茶葉と湯量のバランスもあるしね。お茶と向き合うってのは、なかなか奥が深いものなんだよ」

満足げに、おじいちゃんは微笑《ほほえ》んだ。

美味しいウバ茶を堪能《たんのう》し終《お》えた頃、おじいちゃんは言った。

「美宙には店の収支の話をしておこうか。バックヤードの手提げ金庫を入れてあるロッカーに帳簿があるから、持ってきてごらん」

「うん」

鍵付きのロッカーの中を覗《のぞ》いてみると、確かにお店の帳簿があった。ノートにボールペンでびっしりと書かれている。今やこういう書類はパソコンで作るのが当たり前だから、手書きの帳簿なんて歴史を感じてしまうけれど、几帳面《きちょうめん》なおじいちゃんの性格が伝わるような、見やすい字で書かれた綺麗《きれい》な帳簿だった。

おじいちゃんに帳簿を手渡すと、パラパラとページをめくり先月の月次損益計算書を開いて見せてくれた。

「これが先月の収支だがね……まあ、こんなもんだ」

「よく見せてもらうね」

手に取って内容を確認する。辞めた会社で経理事務をしていたからこういう表は見慣れている。そしてその表からは厳しい現実が見て取れた。

予想よりだいぶ少ない売上高。ガッツリとした売上原価。エグい水道光熱費。結構痛い修繕費。そこから人件費を差し引くと、もう営業利益はちょっとしたおこずかい程度にしかならない。

「っていうかこの人件費って私のバイト代じゃない！　私、大して役にも立ってないのに……おじいちゃん、バイト代返すよ！」

「何を言い出すんだね。美宙が真面目に働いてくれた分の賃金だ。戻されたって受け取らないよ」

おじいちゃんは愉快そうに笑った。そしてそれから、店の収支についての解説をしてくれた。

英国喫茶アンティークカップスは、元々香山家《こうやまけ》のものだった土地におじいちゃんが店舗を建てて開業した。もう四十年以上も前に建てたお店だから、幸いローンも返し終えているそうだ。つまり通常の飲食店経営でネックとなるであろう賃料というものがかからない。でも老朽化に伴ってあちこち傷んでくるから、その修繕費は馬鹿にならない。そしておじいちゃんの、良い茶葉を手軽に味わってほしいとの願いもあって、売上原価がめちゃめちゃ高い。

「良質な紅茶はこんなにもうまいんだってことを知ってほしいからね……。それとおじいちゃんお茶が好きだから色々飲みたくなって買ってしまうし」

「確かに……こんなに茶葉の種類が多い店、ないでしょ……」

ずらりと並ぶ高級茶の入ったキャニスターを見ていると、おじいちゃんはお店をするために紅茶を買っているのか、紅茶を買うためにお店をしているのか、段々怪しく思えてくる。

だけど……。

この損益計算書を見て感じたのは、もし自分がこの店を継ぐとして、自分が会社勤めをしていた頃の年収を確保するのはかなり厳しそうだということだ。

しかも今は、アンティークカップコレクターとしてそれなりに名の知れているおじいちゃんがマスターだからこそ来店してくださるお客様もいらっしゃる状況だ。もしも新米の私が店を継いだら、その部分での店の魅力は失われてしまう。

「現実が、見えてきたかね？　まあまだ時間はある。紅茶について学びながら、ゆっくり考えて決断するといいよ」

おじいちゃんはそう言って、帳簿をパタリと閉じた。

7　人影の正体

「それじゃあ美宙《みそら》、おじいちゃんは帰るよ。戸締まりよろしくね」

「うん、お疲れさまー」

　おじいちゃんを見送り、私は閉店後の店内へ戻っていく。

　縮小営業中のアンティークカップスは午後四時には閉店してしまう。もうすぐ六月。だいぶ日も長くなってきたので、まだ外は明るい。

「さて、紅茶でも淹《い》れますか」

　最近は閉店後に一人で夜まで店に残り、紅茶に関する本を読みながら店で紅茶を淹れる練習をしたりして、マスターになるための勉強をしている。昼間はおじいちゃんから色々教わっているけれど、自分でもやれることはやっておきたい。さっそくバックヤードに置いてある自分のカバンから、数冊の本を取り出す。

　今日も店へ来る前に本屋へ立ち寄り、紅茶に関する本を新たに何冊か購入してきたのだ。パラパラとページをめくっていく。産地ごとの茶葉の種類や歴史、味や香りの特徴などについて書かれている。このへんの知識もつけていかないと。

そして今の最大の課題は、美味《おい》しい紅茶を淹れること。

「私が紅茶の淹れ方をマスターすれば、このお店を守れるかもしれないんだから……」

独り言をつぶやきながら、あらためて店を見渡す。アンティーク調のテーブルと椅子、窓辺に並べられたフィギュリン、天井からぶら下がるシャンデリア。

「やっぱり私、このお店が好き」

頑張ろう！

ページをめくり、紅茶の淹れ方について読んでいく。

――と、その時。

背後から声をかけられた。

「先程のお言葉、本気なのですか？」

「えっ……」

びっくりして後ろを振り向くと、そこには前にも見かけた、あのペールブルーのジュストコールに身を包んだ白人男性が立っていた。真っ白いウィッグは耳につかないくらいの位置でロールパンみたいにくるんと外側にカールしている。顔立ちは整っているけれど大きめの鷲鼻《わしばな》が特徴的で、穏やかながらも意志の強そうな瞳からは、いかにも真面目で誠実そう、という印象を受ける。

どうしよう、私また幻を見ているの？

「あなたは……？」

それにしてもこの人の服の色と全体の佇《たたず》まいからして……。

あらためて見ると、すっごくあのカップに似てるなあ。

「ウェッジウッドのジャスパーウェアみたい……」

思わずそうつぶやくと、その人は大きく目を見開き、口角を上げた。

「美宙さん、まさか覚えていらっしゃるのですか？」

そう言いながら、その人はツカツカと靴音をたてながらこちらに近づいてきた。

――思わず、身体《からだ》がこわばる。

なになに!?　どういうこと!?

いったい今、私になにが起きている!?

とその時。背後から別の声がした。

「覚えてるわけないじゃない！　その子の記憶がもうとっくに消えてることがわかっているくせに、何を馬鹿なことを言っているのよ、ジャスパー」

張りのある、少女のような高い声。振り向くとそこには、白いふんわりとしたワンピースを着た、可愛《かわい》らしい金髪の美少女が立っていた。

わあ、見ているだけで癒やされる。眼福とはまさにこのこと。イメージ的には、少し大人びた不思議の国のアリスといった感じ。

「可愛い！」

可愛いものに弱い私が思わずそう小さく叫ぶと、女の子は眉をひそめた。

「はあ？　っていうか何で見えるのよ、本当に……」

相当ご機嫌ななめなのか、酷《ひど》く顔を歪《ゆが》めている。

そんな彼女に見とれていたら、ふと気づいた。白いワンピースは花のように膨らんでいて、その表面にピンク色の糸で細かくアザミの花の刺繍《ししゅう》がされていたのだ。

「あなた……ワイルマンのデイジーシェイプね!?」

「っぐ」

女の子は目を見開き、身をこわばらせた。

するとペールブルーの服に身を包んだ男性が私の足元に跪《ひざまず》き、言った。

「美宙さんのおっしゃる通り。わたくしはウェッジウッドのジャスパーウェア、そしてこちらは、ワイルマンのデイジーシェイプでございます。わたくしどもは長年大切に扱われたカップに宿る精霊。葉平《ようへい》さんのおかげで、今もこうして良い状態のまま現役のカップ&

ソーサーとして働かせていただいていることを嬉《うれ》しく思っております」

「せ、精霊？」

聞き返すと、彼はうなずいた。

「日本にも『付喪神《つくもがみ》』というのがございますね。あれと同じ要領でございます」

「同じ……要領」

そんな急に、カップの精霊ですなんて言われても。

でもとりあえず、普通の人間なわけがない気がした。日本語が流ちょうな謎の外国人たちが、鍵をかけたはずの店内で、なぜかカップをモチーフにした服でコスプレしながら私を騙《だま》そうとする、なんてシチュエーション、あるわけがない。

むしろカップの付喪神のようなものが現れたのだと考えたほうが、自然かも。

もしくは私、夢でも見ているのか？

この状況を受け入れかねてボーッとしていたら、ジャスパーが私を気遣うように言った。

「すみません、美宙さん。驚かせてしまって。ですが実はわたくし、美宙さんにご相談がありまして、こうして姿を現したのです」

「ご相談……？」

たずねると、デイジーは私を睨《にら》み付《つ》けながら言った。

「あんたに出ていってほしいのよ。邪魔で邪魔でしょうがないんだから」

「邪魔って、どうして……」

まるでわけがわからないけれど、不安がよぎる。私、何かしてしまったの？

「美宙さん、せっかくお店や葉平さんのことを想《おも》って努力されているところ申し訳ありませんが……。実は美宙さんが来てから、葉平さんの負担が増えている状況です」

「おじいちゃんの負担が？」

「はい。ご自身の通常業務の他に、美宙さんに業務を教えなければなりませんからね。もちろん美宙さんに助けられている部分もあるのですが、長年変わらないルーティーンで続けてきた仕事に変化が起きると、人間疲弊してしまうものです。それに……ここが最も重要なことなのですが……わたくしどもカップの精霊が、葉平さんを以前のように手伝えなくなってしまったのです」

「そんな……」

頭の中に、色んな場面が駆け巡る。洗剤を運んでいたジャスパー、少し納屋に出ているうちになぜかピカピカに磨き上げられていた店の床、紅茶の神様が助けてくれているんだと語っていたおじいちゃん。

じゃあやっぱりこの人たちは本当にカップの精霊で、おじいちゃんが言っていた紅茶の神様の正体だったってこと？

そんなとんでもないこと、信じられるわけ……。

でもどういうわけか、その事実にしっくりきている自分がいる。

驚きはしたものの、自分でも不思議なくらい、その事実を受け入れ始めていた。

「おじいちゃんは、あなたたちのこと知ってるの？」

「いいえ、ご存じではありません。たとえわたくしどもが目の前に姿を現しても、お見えにはならないでしょう。ですが不思議と、わたくしどもの勝手な行動を自然と受け止め、お許しくださっているように感じます」

「あんたが来るまでは精霊とおじいさまとでこのお店を回してきたのよ。おばあさまが亡くなった時はどうなるかと思ったけど……精霊たちもおじいさまも、力を振り絞ってなんとか頑張ってきたのよ。それを今更」

そこまで言うとデイジーは、私に近づき、顔をぐいっと寄せてきた。

「今更なにしに帰ってきたのよ！　長年顔も出さなかったくせに！　もうこれ以上おじいさまを苦しめないで！」

デイジーの悲痛な叫びが胸に突き刺さる。

「私は、おじいちゃんを苦しめるつもりなんて……」

でも話を聞いて、理解した。今までは私がいなかったから、おじいちゃんの見ていないところでカップの精霊たちはお店をたくさん手伝えていたんだ。だからおじいちゃん一人でも、身体も壊さず店を続けてこれた。だけど私が来てからは……。

おじいちゃんは無理をしていた。それで腰椎圧迫骨折になって、入院して。

お店を畳むことにまで、なってしまったんだ。

「ごめんなさい。私、このお店にもおじいちゃんにも、酷いことをしてしまって」

「ようやくわかった？　それならすぐにお店を辞めて。仕事を探しているなら他を当たってよ」

確かに迷惑をかけたのは悪いって思う。でも、このまま私がお店を辞めてしまったら、このお店がなくなってしまうのだ。

何も言えずにいる私に、ジャスパーが言った。

「ですが美宙さん、確認したいことがあるのです。先程、おっしゃっていたではないですか。しかとこの耳でお聞きしましたよ。『私が紅茶の淹れ方をマスターすれば、このお店を守れるかもしれない』と」

「ああ、さっきの独り言……」

「その言葉は、本気なのですか。それ相応の覚悟を持っておられるのですか？」

覚悟。

確かにこのお店を継ぐのには覚悟が必要だ。

山間《やまあい》の小さな温泉地。年々客足は遠のき、周辺の飲食店も旅館もオーナーはご高齢の方ばかり。閉店する店はあれど、新規オープンする店などない。

そしてこの前、おじいちゃんに見せてもらった帳簿。年金も入りダブルインカムなおじいちゃんにとってはあれで大丈夫でも、私にとっては正直厳しい。どこかの企業に就職したほうが将来も安泰だし、ずっと確実にお金を稼げるだろう。

「正直に言って、まだ自分が継げるっていう百パーセントの自信があるわけじゃないの。迷いがないわけでもない。だけど、このお店を存続させたいっていう強い思いはあるし、おじいちゃんのコレクションを維持したいって気持ちもある。だから、このかけがえのない場所を守るために、自分がマスターになるための勉強をしているところ」

険しい表情で、ジャスパーは私に問う。

「このティールームを継ぐということは、カップが好きなお客様にも対応し、ご満足いただかなければならないということです。高度な知識も要求されますし、通常の飲食店とはまた違った難しさがあるはずです。それにアンティークカップ好きの方に、あまり若い方はいらっしゃらないように思うのです。それでも、このお店に未来を感じますか？」

「確かに、アンティークカップが若い人に人気だとは思ってない。でも、もっと幅広い人たちにアンティークカップの魅力に気づいてほしいな。私、アンティークカップが大好きだから。もっと良さを知ってもらえば、このお店にも未来はあると思うの」

「軽々しく言わないでよ、そんな言葉っ！」

割って入るように、デイジーは顔を真っ赤にしながら叫んだ。

「私たちカップが、今までどれだけ苦労して、このお店のために力を尽くしてきたか。それでも、もう終わりを迎えるしかないんだって、みんなようやく受け止め始めたところなのに。それなのに、戻ってきたばかりのあんたに何がわかるのよ！」

デイジーは目に涙を溜《た》め、悔し気に唇を噛《か》みしめている。

デイジーも、他のカップも、このお店とおじいちゃんのために今まで必死に頑張ってくれていたんだ。この場所を守るために。

「本当にありがとうね。カップのみんなが今まで、おじいちゃんとこのお店をたくさん助けてくれていたんだよね」

そう言ってデイジーの手を取ろうとしたが、振り払われてしまった。

ムスッとしているデイジーと真剣な表情のジャスパー。

二人ともおじいちゃんとお店のことを心から愛しているんだ。そしてこれまでずっと、頑張って支えてくれていたんだね。

「確かに私、まだわかってないことといっぱいあると思う。でも、みんなが今まで頑張ってくれたこと、私が引き継ぐよ！　みんなが疲弊したり絶望したりしないで済むように、これからは私が頑張ってこのお店を復活させたい。みんなの居場所、守りたい。みんながキラキラした笑顔でカップボードに並んでいられるように、できる限りのことをしたいの！　それが私にとって、人生で一番やりたいことだから」

「人生で、一番、ですか……」

穏やかな表情になったジャスパーは、嬉しげにうなずいた。

「そのように、考えてくださっていたのですね」

ジャスパーはゆっくりと近づき、私の手を取った。

「美宙さんのお気持ちをうかがって、心が決まりました。わたくしは微力ながら、美宙さんがこのお店を継ぐためのお手伝いをさせていただきたいと思います」

「えっ……本当に!?」

態度を一変させたジャスパーに驚く。ジャスパーも私に店から出ていってほしいのかと思ったのに。

「ここは素晴らしいお店です。英国のアンティークカップの良さを日本の皆様に広く知らしめることに貢献し、地元の方々のみならず全国のアンティークカップファンの皆様にとっても大事な場所……」

「うん」

「それにこの場所は、常に穏やかで優しい雰囲気に包まれています。ただのアンティークカップの展示室ではない。人々がゆったりと紅茶を楽しむことができる、ティールームとしてもとても貴重なお店なのです」

「そうなのよ！」

「わたくしもこれまで、このお店には唯一無二の価値があると感じ、存続できるよう努めてまいりました。それでももう終わりの日は近いのだと諦めかけておりましたが……。先程の美宙さんのお言葉からは、アンティークカップに対する強い愛と熱意を感じました。そのお気持ちさえあれば、この先の困難も乗り越えられる気がするのです。ですから、応援させてください」

「ありがとう、ジャスパー。嬉《うれ》しいよ」

「ええ。ただまあお役に立てることと言ったら、紅茶のティスティングですとか、ご相談にのることくらいですけれど……」

「それ、すっごくありがたい！　なかなか本を読みながら紅茶を淹《い》れても、美味《おい》しく淹れられているのかどうかわかりにくくて」

「ちょっと待ってよ！」

信じられない、という顔で、デイジーが叫んだ。

「私はそんなの反対！　大反対よ！　どうしてそんな子の肩を持つのよ、ジャスパー。私は絶対に協力なんかしないわ！」

「声を荒らげるのはやめませんか、デイジー。話し合うなら冷静に」

そう言ってジャスパーはなだめたが、デイジーの怒りは収まらない様子だった。デイジーは耳まで真っ赤になり、瞳を潤ませながら私を睨《にら》む。

「どうして帰ってきたのよ！　どうして見えるようになったのよ！　あんたなんか大嫌い！　もう二度と顔も見たくない！」

「どうして見えるって、言われても……」

私にだって、なんでカップの精霊が見えているのかわからない。おじいちゃんにも見えないものが、どうして私に見えるのだろう。

「あんたがこのお店を継ぐのなんて、私は認めない！　私は、おじいさまとカップのみんなだけで、心穏やかに最後の日を迎えたいのよ！」

デイジーはそう叫ぶと、ふわりと姿を消してしまった。

8 家族会議

六月に入ったが、相変わらず英国喫茶アンティークカップスの客足は伸びなかった。営業時間も短いし、恐らくフードメニューがショートブレッドしかないというのもいけないのだろう。だが、おじいちゃんがまだ病み上がりなこともあるし、時間があれば私も色々教われるから、しばらくはこのままのんびりとした日々を過ごしてもいいんじゃないかと思っている。

おじいちゃんが帰った後はいつもジャスパーが私の淹《い》れた紅茶をテイスティングしてくれている。

ジャスパーからの提案で、紅茶を淹れる際には必ず湯量を一定にし、茶葉のグラム数と湯温、抽出時間を記録するようにしている。おじいちゃんほどの熟練者なら別だが、私のような初心者が感覚でやると、同じように淹れたつもりでも全く味が変わってしまうのだ。紅茶の種類によって適した茶葉の量も湯温も抽出時間も違うから、それぞれの紅茶を美味《おい》しく淹れられるバランスを逃さずに記録しておく必要がある。そして記録を見れば、また同じ美味しさの紅茶を淹れることができるのだ。

「じゃあ、今度はこれを飲んでみてもらえる？」

「いただきます……」

紅茶を一口飲んだ途端、ジャスパーが瞳を輝かせた。

「美宙《みそら》さん、このダージリンとても美味しいですよ！」

「良かった……。湯温七十度の低温で六分間じっくり蒸らしたの」

正直ジャスパーのジャッジはおじいちゃんと違って結構厳しいので、美味しいと言ってくれることは稀《まれ》だ。

「今日は雨でも降るんじゃないかしら」

なんて冗談を言った途端、本当に外で雨が降り始めた。

「え……うそでしょう!?」

「美宙さん、今日の天気予報はどうなっているのですか？」

ジャスパーにたずねられ、私は天気予報アプリを開く。

「あ……夕方五時以降小雨《こさめ》で……六時からゲリラ豪雨だって！」

「それは大変だ……。この国の近年のゲリラ豪雨は本当に凄《すさ》まじいですからね。今すぐ帰ったほうがいいですよ！」

「そうする！」

私は慌てて使用したカップやポットを洗い、ジャスパーにお礼を言ってから店を出た。

「ただいまー」

家に戻ると、お母さんが一階の和室で洗濯物を畳んでいた。

「あら、めずらしく今日は帰りが早いじゃない」

「うん、ゲリラ豪雨が来るみたいだったから。洗濯物取り込むの、間に合ったんだね」

「天気予報見て早めに取り込んだのよ〜」

「荷物置いてきてから、畳むの手伝うよ」

しかしお母さんは首を横に振った。

「もうすぐ終わるから大丈夫……。それより、お茶淹れるからお父さん呼んできて。いただきものの最中《もなか》があるのよ」

「わかった」

私は荷物を置きに、二階へ上がった。

ズズズ。

久々にお母さんの淹れた日本茶を啜《すす》った気がする。濃くて鮮やかな萌黄色《もえぎいろ》の水色《すいしょく》と、コクのある味わい。お母さん、お茶淹れるのなにげに上手だったんだなと今更気づく。おぬしなかなかやりおるな、という気分。口の中に貼り付くようなパリパリの最中の皮とも、中身のつぶあんともよく合っている。

手に持った湯呑《ゆのみ》も、あらためて見てみると結構味わい深い一品だなあ、なんて思う。単純な花の絵柄ではあるがハンドペイントによるものだし、意図的に入れられた貫入《かんにゅう》も日本の茶器らしくて渋くてイカしてる。

なんて。私すっかり茶の沼にハマってしまっているな。お茶に関することだったら、なんでも素敵に思えてしまう。

会社を辞めてこっちに戻ってきて、おじいちゃんのお店を手伝うようになって……。

短い間だったのに、色んなことがあった。

そんな物思いにふけり始めていた時、お母さんが口を開いた。

「美宙、いつまでお店に行くつもりなの？」

「……え？」

突然の言葉に、身体《からだ》が凍り付く。

おじいちゃんのお店を継ぎたいと思っていることを、私はまだ両親に話していない。

いつかは話そうと思っていたんだけど、このところ紅茶のお勉強に熱中していて、なかなかそういう時間がとれていなかったから。

「おじいちゃん、最近腰の具合もだいぶ良くなってきたみたいじゃないの。それに縮小営業してるんでしょう？　美宙のお手伝いも、もういらないんじゃない？」

「いや、でも……」

言葉を濁していると、お母さんは続けた。

「美宙はただ、ゴールデンウィーク中のお手伝いで行ってただけなんだから。そろそろバイト辞めるって、おじいちゃんに言ってみたら？　おじいちゃんだって、美宙にバイト代渡すの大変かもしれないし……。それとも、何かおじいちゃんに頼まれてるの？　毎日閉店後も遅くまでお店に残っているんでしょう？　おかしいじゃないの」

お母さんにそう言われ、慌てて首を横に振る。

「まさか！　私が言い出したの。お店がこれからも存続できるように、もっと紅茶とカップについての勉強がしたいって。私、まだまだ知識もないし、紅茶の淹れ方も練習しなきゃだから、閉店後もお店に残って……」

「なんでそんなことを言ったのよ」

ギロリ、とお母さんが私を睨《にら》む。

――うう。なんかすごくいけないことをしたような気分。

でも、私そんなにいけないことしてる？

大好きなおじいちゃんの店をなくしたくなかった、それだけじゃない！

その気持ちって、絶対に、駄目な気持ちなんかじゃないと思う。

だから勇気を出して言った。

「私はあのお店が好きだから、なくなってほしくないって思ったの」

「そんなこと言ったたって、いつかはおじいちゃんだってお店を辞める時が来るのよ。いつまでもあの店でバイトしているわけにもいかないの。あんたがお店を好きだからって、これ以上おじいちゃんを働かせる気？」

「そうじゃない」

違う。私はおじいちゃんにこれ以上身体を酷使してお店を続けてほしいわけじゃない。なるべくおじいちゃんに負担なんかかけたくない。

「じゃあどうするって言うのよ？」

大きな声で、お母さんが言った。

でも負けずに答えた。

「私が、あのお店を継ぎたいって思ってるの！」

——しーん。

気まずい静寂が居間を支配する。

ズズズ。

お父さんは、目をつむり、お茶を啜る。

「はあー、あんたにはあきれた」

私を睨みながらお母さんは言う。

「あんたがまさか、そんな馬鹿だったなんてね。東京での生活に疲れすぎておかしくなっちゃったんじゃない？　事務員しかしたことのないあんたが、おじいちゃんの店を継いでやっていけるとでも思ってんの？」

「だから、それをできるようにするために今紅茶の勉強してるんだし、お店もまわせるようにおじいちゃんに色々教わってるし……」

「大体ねえ、あんたがもしあの店を切り盛りできたとして、あんな田舎の古びた喫茶店で、この先何年食っていけると思ってんの？」

「それは、なんとか工夫して若いお客さんも呼び込むようにして、自分が食べていけるくらいにはしたいと思って……」

「あのね、今まであのお店がやっていけてたのは、あのおじいちゃんだったからなの。紅茶の知識もティーカップの知識も、ものすごいでしょう？　一朝一夕にはいかないわよ？」

「知ってるよ。それでも、あのお店をなくしたくないんだよ」

「どうしてよ？　あんた、あのお店のことなんか忘れて東京でずっと暮らしていたくせに」

「それは……」

確かにその通りだから言葉が出ない。

子供の頃、あんなに大好きだったあのお店のあるこの町を離れ、私は十年間も東京で暮らしていた。そして戻ってきてから、まだほんのわずかな時間しかあのお店で働いていない。

そんな私に、あのお店を残したいって言う資格なんて、あるのかな。

デイジーの言葉が脳裏をよぎる。

——今更なにしに帰ってきたのよ！　長年顔も出さなかったくせに！　もうこれ以上おじいさまを苦しめないで！

少し、弱気になってくる。

「それでも、私にとっては大事なの……」

そうとしか言えなくて、またズズとお茶を啜る。

こんなことを言うお母さんのお茶が美味《おい》しいなんて、なんかすごくムカつく。

――と。

ずっと黙っていたお父さんが、唐突に言った。

「いいんじゃないか、美宙があの店を継いだって」

「え？」

「は？」

私とお母さん、同時に聞き返しちゃった。

お父さんは、続けた。

「なんとなく気づいていたよ、美宙の様子がおかしいことには。毎日帰りが遅いし、家でも色んな種類の紅茶を淹《い》れてお父さんに感想を求めてくるし、やけに必死になってるなと思ってた。もしも美宙の気の迷いでそうしているんだったら止めようと思っていたが、そうでもなさそうだ。美宙が本気でやりたいことだったら、やってみるのがいいとお父さんは思う」

「ありがとう、お父さん」

私がそう言うと、すかさずお母さんは言った。

「お母さんは絶対に反対。自営業で飲食店の経営をするだなんて、リスクが高すぎる。美宙には事務職の経験があるんだから、どこかの会社に勤めて事務員をするほうがいい。もしくはお見合いして結婚しなさい」

お母さん……ちょっと前までこの辺に事務員の募集なんかないとか言っていたくせに。それに結婚しなさいって言われたって、誰でもいいってわけにもいかないんだし。

「もう明日からお店行くんじゃないわよ?」

強い口調でそう言うお母さんに思わずイラつきながら反論する。

「そんな風に命令しないでよ! 私だってもう大人だし、それなりの気持ちがあっておじいちゃんの後を継ごうとしてるんだから」

すると、お母さんは深いため息をついた。

「はーもう。こんなことになるんなら、おじいちゃんのお店に手伝いに行けなんて言うんじゃなかったわ……」

そう言いながらお母さんは居間から立ち去っていった。台所へ向かったみたいだ。これから夕ご飯を作るのだろう。

「あんな言い方しなくたって」

ぽそりとそうつぶやくと、お父さんは言った。

「お母さん、美宙のこととなると本気になっちゃうからね。あれで美宙のことを、この世で一番心配しているんだよ」

そして呑気《のんき》な顔で、ズズズとお茶を啜《すす》った。

はあ。心配してくれるのはありがたいけど、私の気持ちも考えてほしいよ。

9　キャロットケーキ復活

「それじゃあマスター、また来ますね」

「ええ、すみれさん。お気をつけて」

「ふふふ……」

嬉《うれ》しげに頬を染めながら、すみれさんが帰っていく。すみれさん、今日はたくさんおじいちゃんと話せたから楽しかっただろうなあ～。いくつになっても恋をするって素敵なことだと思う。日々に幸せを感じながら、キラキラした気持ちで生きていきたいもの。

伸びをしながらカウンターの置き時計を見る。

午後三時四十五分。残るお客様は細川君《ほそかわくん》のみとなった。

「あっ、もうこんな時間か……」

細川君はそうつぶやき、ノートパソコンの電源を切り、荷物をまとめ始める。

すると、おじいちゃんが立ち上がった。

「美宙《みそら》、おじいちゃんちょっと外の花壇に水やりをしてくるから、細川君のお会計とレジ締めを頼むよ」

「うん、水やりも私がしてもいいけど……腰大丈夫？」

「大丈夫大丈夫。今日は暑かったから、花がしおれてないか心配で、様子を見たくてね」

「そっか。無理しないでね」

おじいちゃんが外に出てしばらくして、細川君がレジにやって来た。

そしてあたりを軽く見渡してから、そっと私に言った。

「あのさ……ちょっと相談があるっていうか……」

「相談？　なになに？」

注文以外はほとんど自分から口を開くことのない細川君が、相談だなんて。一体なんだろう？

身を乗り出して聞き返した私に、細川君は遠慮がちに言った。

「あの……フードメニューって増やせないかな？」

「フードメニューね。確かにショートブレッドだけじゃ魅力がないよね。頻繁に来てくれるご常連の方には申し訳ないし、特に細川君は毎日だものね……」

「営業してもらってるだけ、本当にありがたいんだけどさ。頭を使う作業してると結構小腹が減るっていうか。家で食べてから来てはいるんだけどね」

「そうだよね、十一時から四時までいて、何杯も紅茶飲んでくれてるし……」

うーん、と考える。

おじいちゃんに無理はさせたくないからしばらくはこの状態でもいい気もしていたが、やはりフードメニューが復活していないから客足が伸びずにいる。店を営業している以上様々な経費もかかるし、私の人件費だってかかっているわけだし。細川君のためにも店の売上のためにも、ちょっと考えてみようかな。

「わかった。おじいちゃんにも相談して、フードメニュー増やす方向で動いてみるよ」

「助かる……」

お会計を済ませ、細川君はよろよろしながら店を出ていった。よっぽどお腹空《なかす》いてるんだなあ。そういえば前は、色んな軽食をちょいちょい注文してくれてたもんな。頭を使うのが一番カロリーを消費するとかってどこかで聞いた気もするし。

「増やすならどんなものがいいかな……まず日持ちしないとね。お客様が少ないから、生の野菜や果物を使ったメニューはキツイなあ。それでいて小腹が満たされて、客足が伸びそうな素敵なメニューか……」

ぼんやりと、私の頭に浮かび上がってくるものがあった。

――おばあちゃんの、キャロットケーキ。

私が子供の頃、いっつも決まって注文していたメニュー。

人参《にんじん》と胡桃《くるみ》たっぷりのしっとりしたパウンドケーキに、たっぷり塗られた甘いクリームチーズアイシング。その上に、ちょこんとのっかった人参のグラッセ。

あれを復活させることができたら、絶対に客足が伸びそう！　細川君の小腹も満たせるし……。

冷凍すれば、日持ちもするんじゃない？

「よし、さっそくおじいちゃんに相談してみよう！」

段々、楽しみになってきた。

「そうだね、いいと思うよ。将来美宙が店を継ぐとなれば、当然フードメニューは今より増やしたほうがいいわけだから。とりあえず試作してみたらどうだい」

おじいちゃんはすぐに賛成してくれた。

「ありがとう、おじいちゃん。ところで……おばあちゃんのキャロットケーキのレシピって残っていたりしないかな？」

おばあちゃんのキャロットケーキ、美味《おい》しかったもん。作るなら、同じものを作りたい。

だが、おじいちゃんは首を振った。

「残念だが……レシピは残っていないんだ。誰かが店を継ごうとするなんて、思っていなかったからね」

「そっか……」

それはとっても悲しい。あのケーキが好きなお客様、私の他にもたくさんいたと思うのに。

でも幸い、何度も食べたから味や見た目は一応覚えている。色んなキャロットケーキのレシピを調べて、一番おばあちゃんのに近そうなレシピで作ってみればいいかも。

「とりあえず私なりに作ってみるよ。おじいちゃんの審査をパスしたら、お店で出すね」

「美宙のキャロットケーキか。楽しみにしておくよ」

おじいちゃんが嬉しそうに微笑《ほほえ》む。

お、おじいちゃんを落胆させないようなケーキを作らないとね……。

――しかしこれが、苦難のはじまりとなったのです。

閉店後、私はさっそくおばあちゃんのキャロットケーキに似たレシピをネットで見つけた。これなら、かなりおばあちゃんのケーキに似たものが作れるはず！　意気揚々と、山道を下って少し大きめのスーパーへ買い出しに行った。

「ベーキングパウダー、重曹、バニラエッセンス……」

売り場をあちこち探し回り、必要な材料を揃《そろ》えていく。

「正直私、あまり本格的な焼き菓子なんて作ったこともないけど」

バニラエッセンスなんて、中学生の頃家庭科の調理実習で使ったのが最後だったような気がする。重曹も、お掃除用の重曹だったら一人暮らししてた頃に買ってみたことはあったけど、お料理に使った記憶がもはや、ない。

「あと、型も必要だよね……」

調理器具のコーナーへ向かい、パウンドケーキの型を探す。

「あ、二つ種類がある」

一つはフッ素加工された金属製の型。はりつきにくいって書いてある。

もう一つは、シリコーンの型。金属製の型の半額くらい。

「シリコーン型なら、私でもできそうかも」

実は一人暮らし中、シリコーン型で料理をするのにハマっていた時期があった。シリコーン型にホットケーキミックスで作った生地を流し込みオーブンで焼くだけで、簡単に焼きドーナツやプチパンケーキができるのだ。

とりあえず、馴染《なじ》みのあるシリコーン型を購入することにした。

材料を全て揃えた私は、さっそく店に戻ってキャロットケーキ作りを開始した。

その様子を見て、ジャスパーが姿を現した。

「おや美宙さん、今日はお料理ですか？」

「そうなの。フードメニューをもう一つくらいは復活させようと思って。今からキャロットケーキを試作してみるところ。私、おばあちゃんのキャロットケーキが大好きだったから」

すると、ふわりともう一人の影が現れた。

――デイジー！

デイジーは両腕を組み、私を睨《にら》み付《つ》ける。

「おばあさまのキャロットケーキを作るですって？　あなたにできっこないじゃない。おばあさまはとっても料理上手だったのよ？」

「それはわかってるけど……。大好きだったキャロットケーキ、復活させたいから、とりあえず頑張ってみようと思って」

「そう……」

デイジーは難しい顔をしてから言った。

「試作したケーキは私も食べさせてもらうから。私の認めたキャロットケーキでなきゃ、お店のメニューには入れさせないわ！」

「試食してくれるってこと？」

驚いてたずねると、デイジーは眉をひそめながら言った。

「協力するわけじゃないわよ。このお店で変なケーキを提供するのは許せないのよ」

でもそれってつまり、試食してくれるってことよね。もうこのお店に関わらないで！ と言われた時よりは、ちょっとだけデイジーが歩み寄ってくれたようにも感じられて嬉《うれ》しくもある。

とはいえ、厳しい審査員が一人追加されちゃったわけで。

「認めてもらえるものが作れるように、頑張るね」

デイジーに笑顔を向けてみたけれど、彼女は「フン」と気に入らなげに鼻を鳴らし、目をそらしたまま、ふわりと姿を消した。

さっそく、一回目の試作を開始する。

お菓子作りに自信があるわけじゃないけど、とにかくレシピに忠実に作ったら失敗はしないんじゃないかと思うのよね。

一つ一つの材料を慎重にはかりで計量していく。一グラムも違わなければ、きっとレシピの画像通りのものができるはず！

だが厳密に同じということが、意外と叶《かな》わなかったりする。

「うわ、焦げ臭い……」

生地に練り込む胡桃を事前にオーブンで焼いてから細かく刻んでおくのだけれど、レシピ通りの時間焼いたら焦げてしまった。きっとオーブンの機種ごとに時間の調整が多少必要だったのだろう。

「胡桃、もう一度やり直しね」

胡桃を焼き直し、今度は人参をすりおろす。

「あれ、レシピのおろし器、チーズおろしって書いてある。普通のおろし金じゃ駄目なのかなあ」

チーズおろしと普通のおろし金でどんな違いが出るのかわからないけれど、厨房《ちゅうぼう》の中をしばらく探しても見当たらなかったので、とりあえずおろし金を使うことにした。

「すりおろした人参を百五十グラムね」

はかりにのせた器の上に人参をすりおろしていく。やっと十グラム、二十グラム……。

「百五十グラムって結構大変ね……」

やがて人参まるまる一本すりおろし終えた頃、ようやくはかりの数字は百五十グラムになった。

「ふぅ……」

ちょっと手が痛い。

こうして材料が全て揃ったのでレシピ通りの順番に混ぜて、生地を作っていく。

「混ぜ具合、これで大丈夫かな……」

お菓子って、よく混ぜたほうがいい場合とさっくりで済ませたほうがいい場合がある気がする。とりあえず、程よく混ぜて……いや、もっとちゃんと混ぜよう……。結局、結構しっかりめに生地を混ぜた。

そして型に流そうとして、ふと気づいた。

「あれ、このレシピで使っている型は金属製だ……」

金属製の型にクッキングペーパーを敷くやり方で書かれている。でも買ってきたのはシリコーン型。

「まあシリコーン型で問題ないでしょ。くっつかないようにシリコーンの内側にバターを塗っておこうっと」

シリコーン型の使い方なら少し慣れている。きっとこれで大丈夫だと思いながらバターを塗り終え、型に生地を流し込んでいく。

「で、百八十度に温めたオーブンで焼くこと二十分、か」

どんな風に焼き上がるかなあ。楽しみ！

次は、人参《にんじん》のグラッセ作り。人参を小さな人参の形に切り、それを砂糖で煮ていく。小さくちぎったパセリを頭の部分に刺してあげれば、可愛《かわい》いミニ人参の完成！　なのだけれど……小さな人参の形に切るのが思った以上に難しくて、ただの短冊切りした茹《ゆ》で人参《にんじん》に見えなくもない。

そして二十分後。

表面が一部焼け焦げ、軟らかいシリコーン型を大きく湾曲させながら不恰好《ぶかっこう》に膨張したキャロットケーキがオーブンから出てきた。

「あれ……なんで……」

とりあえず、型から出してみる。

シリコーン型にはくっつき防止にバターを塗っておいたのだけれど、一部塗りが甘い部分があったのだろう、ちょっと表面が崩れ、綺麗《きれい》な状態では出せなかった。

しかも型を変形させて生地が膨らんだせいなのか、高さが予想より出ず、横にばかりぽよーんと広がったフォルムになっている。

「シリコーン型がダメだったのかな……」

家で食べる分にはまだ良くても、こんな不恰好なもの、とてもお店で出すわけにはいかない。

っていうか。

……お店で出すような綺麗なケーキを作るのって、すごく難しいことだったんじゃない？

という極々当たり前の事実に、今更のように気づいた。

どうして何でもできる気になっていたんだろう。

お店で出せるようなキャロットケーキを作ることがどれほど困難なことか、その道のりがどれほど果てしないものかが、急に見えてきてしまった。

次の工程はチーズクリームのアイシングだけれど……。次に進むまでもなく、このキャロットケーキは既に失敗だろう。

「美宙さん、あとはクリームを塗るだけですね。わたくしも試食してみてよろしいですか？」

ジャスパーは試食する気満々で、小皿とフォークの準備を始めている。

「……え、でも……きっと……」

顔を曇らせた私に、ジャスパーは穏やかな表情で言った。

「確かに見栄え的には合格点とは言えませんね。ですが、最初から完璧なものなどできるわけもありませんから。お料理は、何度もトライするうちに徐々に要領を得ていくものだと思いますよ。それに味の確認をすることで、さらなる課題が見つかるかもしれません」

「そうだね、最初からうまくいくわけないよね」

気を取り直し、チーズクリームを焼き上がったケーキの上に塗っていく。ただクリームを塗るだけでも、レシピ画像のようにセンス良く塗ることができなくて、またちょっと自分にがっかりしてしまう。

そしてその上に、先程作った茹でた短冊切りの人参……もとい、ミニ人参をのせていく。

こうして、キャロットケーキの試作第一号が完成した。

「とりあえず食べてみようか」

私がそう言うと、ジャスパーは笑顔でうなずき、テーブルに紅茶を運び始めた。

「キャロットケーキ、完成したのですね。こちらの準備もちょうど今整いました」

ジャスパーはキャロットケーキの完成を待つ間、紅茶も淹《い》れてくれていた。昔私が大好きだった、ロイヤルミルクティーだ。

「ありがとう、ジャスパー」

気を落としている今、ジャスパーの優しさが身に沁《し》みる。

「いえいえ。さっそく食べてみましょう。デイジーも呼びますか？」

「ううん、まだとってもこんな状態じゃ……。もっと納得できるものができた時に、デイジーには試食してもらいたい」

「そうですね。ではわたくしたち二人でティータイムといたしましょう」

静かな店内。ジャスパーと二人きりでキャロットケーキを試食する。

「まあ……思ったより味は悪くないかな」

きっとレシピが良かったのだろう、見た目はボロボロだけれど、ほぼレシピ通りに作ったおかげで正直味は美味《おい》しい。最高とは言えないし、おばあちゃんのキャロットケーキとはちょっと違うけれど。

「わたくしも美味しいと思いますよ。味だけで言えば、お店に出ていてもおかしくありません。ですが見た目にはかなり課題がありますし、味も改善の余地はありそうですね」

「そうね。おばあちゃんのキャロットケーキに少しでも近づけるように、何度も練習して頑張ってみる」

「はい。納得のいくものができるまで、頑張りましょう」

それから毎日、私はキャロットケーキの試作を繰り返した。閉店後も、家に帰ってからも、休日も、時間さえあればキャロットケーキの試作を重ねた。

「もうこれが十回目の試作か……」

お店に残り、今日もキャロットケーキを作る。もう十回目だというのに、未《いま》だに納得のいく見た目にはできていないし、味も安定しない。しっとりしすぎて型崩れしやすかったり、逆に固くモソモソした食感になったり、表面が焦げてしまったり……。

「でも徐々に見た目は良くなってきているのよね」

何度も作っているうちに、ミニ人参のグラッセ作りは上達して可愛く作れるようになったし、クリームチーズアイシングも滑らかに塗れるようになった。型は金属製ではりつきにくいフッ素加工のものを買い直し、理想に近い形状に焼き上げられるようになってきた。

今日こそは、全ての点で納得できるものを作ろう！

気合を入れ、十回目の試作にとりかかる。

そして出来上がったのは、まあまあ、ぼちぼちなキャロットケーキだった。

もし友達に配るのなら、このくらいの完成度でもいいかもしれない。

だが、お店で出すのにはどうだろう。

「十回目、なのに……」

最近、人参をすりおろしすぎて手にも痛みが出ている。

「完成しましたか？　美宙さん」

紅茶の準備を終えたジャスパーが私に声をかけたその時、ふわりとデイジーが姿を現した。

「またキャロットケーキ作ったのね。試食するって言ったのに、いつまで待たせるつもりよ」

相変わらず、デイジーの態度はとげとげしい。

「今日は私も食べさせてもらおうかしら。さんざん練習したんだもの。そろそろいいでしょ？」

「……美宙さん、どうされます？」

ジャスパーに聞かれ、私は答えた。

「そうね……デイジーの意見も聞かせてほしいし……。食べてもらうことにするわ」

三人でのティータイムはちょっと気まずい。いつもより緊張感のある空気が流れる。

デイジーがいるから、今日のキャロットケーキの出来が余計に気になる。見た目はぼちぼちだけれど、味は食べてみなければわからないし。

「それでは、いただきましょう」

私たちは静かに、フォークでキャロットケーキを口に運んだ。

――ああ、失敗だ。

今日のキャロットケーキは、見栄えは今まで作った中では最もいい出来だったが、味は今までで一番悪い。パサパサして固くて、なんだか食感が悪いのだ。試行錯誤をするうち、見た目が良く仕上がることを重視して材料の比率を調整し、元のレシピから遠ざかりすぎてしまったからだろう。

素人がアレンジして、美味しくなるわけもない。

ジャスパーを見ると、静かに首を横に振っている。

「美宙さん、残念ながら今日の出来栄えは……」

するとジャスパーを遮るようにデイジーが言った。

「なにこれ、全然ダメ！」

声を低くしてそう言うと、まだ一口しか食べていないのに、フォークを皿に置いた。

そして口直しするように紅茶を啜《すす》る。

「こんなもの、お店で出さないでちょうだいね。違うメニューでも考え直したほうがいいと思うわよ。おばあさまのキャロットケーキとは大違い！」

そう言うと、またふわりと姿を消してしまった。

店内に、沈黙が流れる。

「……美宙さん、今回は失敗でしたが、この失敗をふまえてまた良いものを作る努力を続ければいいだけですよ」

「そうね……」

だけどもう、試作も十回目だ。

これだけ繰り返してもうまくいかないという事実だけでも、正直へこむ。

そこに来てデイジーの言葉は、ぐさりと胸に突き刺さった。

「はあ……」

ため息をつきながら、家のキッチンでキャロットケーキを作る。試作十回目の大失敗のショックが尾を引いている。デイジーには別のメニューを考えたほうがいいと言われてしまったし。

でも私はやっぱり、キャロットケーキにこだわりたかった。

私のあのお店に対する「好き」の思い出がたくさん詰まったメニューだから。

「さて、作りますか」

気合を入れ直し、卵を溶いていたら、お母さんがキッチンにやって来た。

「あんた、また作ってるの？　キャロットケーキ」

「うん……」

今日は落ち込んでいるのに、これからお母さんにまで悪態つかれなきゃならないのかなと内心気が重い。お母さん、お店継ぐの大反対だもんね。この前の家族会議以降、お母さんとは必要最低限の会話しかしていない。顔を合わせるだけで、気まずい感じ。

「ちょっとレシピ見せて」

「え……うん、ちょっと待ってね」

私は慌ててスマホのロックを解除し、レシピを表示してお母さんに手渡す。

「これを参考に作ってみてるんだけど……」

「へぇ」

真顔でレシピに見入るお母さん。

そして、信じられないことを言った。

「試しに、お母さんが作ってみようか？」

「………え？」

お母さんは私がお店のメニューとして出すためにキャロットケーキを作る練習をしてい

ることを当然知っている。それなのに、手助けをしてくれるというのか……？

「お母さん、高校は家政科を出てるからね。ケーキ屋さんでパートしてたこともあるし」

「そういえば、そうだったね」

「ちょっと借りるわよ」

お母さんは慣れた手つきで溶き卵を混ぜ合わせ、もう一度レシピを確認する。

「人参をチーズおろしでおろすのね。確かあったっけ……。ちょっと脚立持ってきてくれる？」

「わかった」

お母さんは私が運んできた脚立に乗り、キッチン上部の滅多に開けない棚の中をゴソゴソし始めた。

「確かここにあった気がするのよ」

「チーズおろしなんて、うちにあったんだね」

「一時期、お父さんがチーズに凝ってたからねえ。おっきなチーズを買ってパスタにもサラダにもチーズおろしでふわふわにおろして、山ほどかけて食べて……。結局面倒だしチーズ高いから、続かなかったけど。あ、あった」

よいしょ、とお母さんはチーズおろしを取り出した。すごいな、実家の棚。四次元ポケットみたい。

「チーズおろしを使うのとおろし金だと、全然違うのかな？」

「そうねえ、おろし金のほうが水分が出るのよねえ」

私ははっとした。最もレシピの分量に忠実に作った一回目のキャロットケーキは、ちょっとしっとりしすぎて崩れやすかったのだ。もしかしたらおろし金を使って水分が多く出たせいだったのかも。

それからもお母さんは、手際よくキャロットケーキ作りを続けた。器用な手つきでゴムベラを使い、生地をさっくりと混ぜ合わせる。この混ぜ方のほうが、絶対にケーキが美味しく焼けそう。私は目に焼き付けようと、じっとその手つきを見つめる。するとそれに気づいてお母さんが言った。

「あんた、混ぜてみる？」

「あ、うん……」

お母さんの手つきを真似《まね》て、生地を混ぜ合わせる。

「そうそう、あまり生地をいじりすぎないで、軽く混ぜるの。気合入れて作ると、かえって混ぜすぎてうまくいかなかったりするのよ」

「不思議だね、混ぜ方だけで美味しさが変わるのって」

「生地を混ぜすぎるとグルテンが増えちゃうの。そうするとペタンコになるし食感も悪くなるのよねえ。クッキーとかパンケーキはサクサクふわふわのほうが美味《おい》しいでしょ？だから小麦粉を入れた後はさっくり混ぜるようにしたほうがいいわ」

「あ、もしかして私のキャロットケーキ、高さが出ないのはそのせいかも……」

――お母さん、どうして教えてくれているの？　って聞こうかと思ったけど、やめておいた。

なんとなく、お母さんの気持ちがわかっていたから。

店を継ぐことにはまだ反対なんだよね。先行き不安定なわびしい温泉地の飲食店を、こんな不出来な私が継ぐなんて……きっと誰だって、心配して反対する。私自身も、このキャロットケーキ作りを通して、自分の考えがいかに無謀だったかわかったし、自分の幼稚さにも気づかされた。

だけど私が頑張っているのを見て、ほっとけなくて手助けしてくれてるんだ。

お母さんは、敵じゃないもの。むしろ誰より私を心配に思っている。今まで何度もお父さんがそう言っていたように。

この家は私の居場所じゃない、なんて感じたりもしたけど、そんなことない。

ここはちゃんと、私の居場所だったんだ。

「さーて、焼けたみたいね。どうかしら……。お母さんもお菓子作りなんて久々で」

「きっとうまくいってるよ」

オーブンからケーキを取り出す。いい匂いだ。

そしてひっくり返し、型から出してみる。

型崩れもせず、均一に綺麗《きれい》な焼き色のついたキャロットケーキ。

見るからに、美味しそう。

それからクリームチーズアイシングを塗り、お母さんと一緒に作った人参《にんじん》のグラッセを飾り付ける。

「完成～！」

「あら、可愛《かわい》くできたじゃないの」

お母さんも嬉《うれ》しげだ。

さっそく、試食してみる。

「……すごく美味しい！」

「うん、バッチリね。これならお店で出せるんじゃない？」

「さすがだね、お母さん……。私は十回やってもうまくできなかったのに、たった一度でこんな出来栄えなんて」

「なに言ってるの、美宙が十回作って要領がわかっていたからうまくいったのよ。あと少しってところまできてたのね。お母さんは混ぜ方を教えたくらいだわ」

「……ありがとう、お母さん」

お礼を言うと、お母さんは言った。

「勘違いはしないでね。まだお母さんは反対だから。でも、家の中にいつまでも重たい空気が流れているのも良くないね。とりあえずは、気が済むようにやってみれば？　だけど自分の将来のことは、きちんと考えること。一時の感情に流されないでね」

「わかった、ちゃんと考える」

「本当に、ちゃんと考えるのよ……。せっかく美味しくできたし、お父さんも呼んでくるわ」

「あ、私が呼んでくるからゆっくりしてて」

私は立ち上がり、小走りでお父さんの仕事部屋へと向かう。

やった。キャロットケーキ作りのコツもつかんだし、お母さんとも少しわかり合えた。

嬉しくて、思わず顔がにやけた。

翌日。私は開店よりだいぶ早い時間にお店へ向かった。

「ジャスパー、デイジー！」

誰もいない店内で私がそう呼びかけると、ふわりと二人が姿を現す。

「美宙さん、おはようございます」

「どうしたのよ、こんな朝早くから……」

デイジーは眠たげに欠伸《あくび》をしている。

「昨日、家でキャロットケーキを作ったらすごくうまくいったの。それで今朝また作って持ってきてみたわ。多分、コツがわかったからこれも美味しくできてると思う。それで、二人にも早く試食してほしくて！」

「それは良かったですね。ではさっそく、紅茶をお淹《い》れしましょう」

「私が淹れるわ。二人とも起こしちゃってごめんなさい。座って待ってて。紅茶はキャロットケーキに合いそうなものなら何でもいい？」

たずねると、デイジーがぽつりと言った。

「ロイヤルミルクティーがいいわ」

「……了解」

デイジーが紅茶の種類をリクエストしてくるなんて意外だなあ、と思いながら、ロイヤルミルクティーの準備をする。ロイヤルミルクティーの作り方は普通の紅茶とはちょっと違っている。

まず茶葉をあらかじめ別の容器に入れて熱湯に浸しておく。それから手鍋にミルクと水を一対一の割合で入れて火にかける。そして沸騰直前に火を止め、湯に浸しておいた茶葉を鍋に投入。蓋をして三分ほど蒸らす。その後鍋の中身を軽く混ぜ、ティーストレーナーを使ってポットに注げばロイヤルミルクティーの出来上がり。

そしてさっそく、二人にキャロットケーキとロイヤルミルクティーを提供した。

「……これは」

ジャスパーは目を見開き、何度もうなずく。

「やりましたね、美宙さん。これはお店に出しても恥ずかしくない出来です」

「デイジーはどう？」

たずねると、デイジーはしばらく口をモゴモゴさせてから答えた。

「おばあさまのとは少し味が違う……。だけど、これはこれで、美味しいと思う」

「やった……」

思わず小さくそうつぶやき、心の中でガッツポーズした。デイジーが褒めてくれるなら間違いないだろう。

「これ、お店で出してもいいかな？」

「いいんじゃない。これならお客様も納得する出来だと思うわ」

「ありがとうデイジー」

そうしてデイジーが頬を赤らめながらキャロットケーキを頬張っているのを見ていたら、なんだか不思議な気分になってきた。

——あれ、こんな光景、昔見たことがあったような。

「ねえ美宙、いつも食べてるそれ、私にも一口ちょうだいよ」

うたた寝している私の肩を、柔らかくて小さな手が揺する。

「う～ん？」

目をこすり、私は顔を上げる。

そこには天使みたいに可愛らしい、白いワンピースの女の子が立っていた。

あ、カップのお友達。

この子たちはいつも、私が眠った頃に夢の中に現れる。

中でもこの白いワンピースを着た女の子は、妹みたいに私に懐いている。

「いいよ、食べてみる？」

「うん！」

嬉しそうに女の子はロイヤルミルクティーを啜《すす》り、キャロットケーキを一口頬張った。

「ふわ、おいひい」

女の子は私のほうに振り向き、ニッコリと微笑《ほほえ》んだ。


ケーキを食べ終えたデイジーは、口元を紙ナプキンで拭った。

「このキャロットケーキをお店に出すことは認めるけど……まだ美宙がお店を継ぐのを認めたわけじゃないから。……ごちそうさま」

そう言って、また不機嫌そうな顔に戻ると、ふわりと姿を消した。でもキャロットケーキは綺麗に完食しているし、ロイヤルミルクティーも残さず飲み干してある。

「彼女があぁ言うのは、相当ケーキの出来が良かった証拠です。正直に言って、とっても美味しかったですよ、美宙さん……もう一切れいただけますか？」

「もちろんよ」

ふふふ、と私とジャスパーは顔を見合わせ、笑った。

　翌週。おじいちゃんの許可も得て、さっそくアンティークカップスのフードメニューに「キャロットケーキ」が追加されることになった。あれ以来、ちゃんと安定して美味しい味を出せている。

　メニュー表を手にした細川君は、キャロットケーキの文字を見て目を見張った。

「ほんとに、追加してくれたんだ……。キャロットケーキ？」

「そう。私の手作りでね、何度も試作してようやく完成したの。子供の頃、おばあちゃんの作ったキャロットケーキが大好きで、お店に来ると毎回注文してて……。だから、どうしてもメニューに復活させたかったんだ」

　おばあちゃんのとはちょっと違うけど、自信を持っておすすめできるキャロットケーキだ。

「それはすごく気になるなあ。……じゃあ、キャロットケーキと紅茶のセットで。紅茶はマスターのおすすめのものを」

「かしこまりました。少々お待ちください」

　細川君の注文を受け、カウンターに戻る私の足取りは軽い。細川君、キャロットケーキを気に入ってくれるといいな。

次の日、細川君はまたキャロットケーキをオーダーした。

10　臨時休業ふたたび

「雨、強くなってきちゃったなー」

　窓の外を眺めながら、思わずそんな独り言をつぶやいた。梅雨時だから雨が降るのは仕方ないが、平日の雨の日はいつもより余計に客足が遠のいてしまう。午前十一時半現在、来店したお客様は細川君《ほそかわくん》のみ。本格的に降り出してしまったし、さすがのすみれさんも今日は来ないかもしれない。

　店の業務には結構慣れてきた。まだまだおじいちゃんに教わることも多いけれど、おじいちゃんに見てもらいつつお客様にお出しする紅茶を淹《い》れたり、消耗品の発注をしたり、できることも増えてきている。キャロットケーキも好評で、今やキャロットケーキと紅茶のセットは人気ナンバーワンのメニューになっている。

「そうだ、時間あるからSNS用の写真撮ろうっと」

　私はカップボードからカップを取り出し、窓際のテーブルの上に小物と共に並べ、スマホで撮影した。露出や明るさ、コントラストを調整し、SNSに投稿する。

【英国喫茶アンティークカップス、本日も営業中です♪】

本文を入力し、様々なハッシュタグをつけて投稿する。するとさっそくいいねがついた。

少し前から私は、お店のSNSアカウントを作成した。おじいちゃんの入院で長く臨時休業していたし、時短営業になっているから、お店の営業情報をお客様にわかる形で発信したほうがいいと思ったのだ。

そして、せっかくお店には素敵なアンティークカップがたくさんあるので、営業情報を投稿する際は必ずカップの写真もあわせて投稿するようにした。すると、カップの写真見たさからか、フォロワーさんが順調に増え続け、たくさんのいいねももらえるようになった。

「今日はどんな写真だい？　見せておくれ」

おじいちゃんにスマホの画面を見せると、おじいちゃんは目を細めた。

「美しい写真だ。H&Rダニエルのカップだね」

H&Rダニエルは一八二〇年代から一八四〇年代に存在した窯だ。複雑な形状のハンドルを持つ華やかなカップを製造していた。

今撮影したカップは中でもメイフラワーと呼ばれるもので、カップ表面がたくさんの小花のエンボスで覆われ、うっとりするほどに美しい。ちなみにこちらはおじいちゃんのコレクションの中でも希少な品なので、お客様にはお出しせず、お店の入り口付近に展示している。

「先週は美宙《みそら》の写真を見たっていうお客様が来店したね。わざわざそう言うわけではなくても、ご新規のお客様がちらほらいたし、きっとネットの情報を見たんだろう」

「そうかなー。だと嬉《うれ》しいけど」

と答えつつ、私も心の中ではきっとそうだ、と手ごたえを感じていた。見慣れないお客様の多くは、カップボードをまじまじと穴が開くほどに見つめ、自分の選んだカップが運ばれてくると、顔をほころばせながらスマホで撮影していた。きっとSNSにあげるためだろう。

「おじいちゃん、正直言って、最初は美宙がこの店を本当に継げるのかどうか、半信半疑だったんだ。でも、今は違う。美宙なら、継げるような気がしているよ」

「嬉しい。でも、私もそんな気がする」

「あとはもう、美宙の気持ち次第だな。売上のこともあるから……。まあそこは美宙の自由にやっていけばいい。継ぐのか継がないのか、継いだ後も閉店するか続けるか。おじいちゃんのことは気にせず、美宙の気持ちを大事にして考えるんだよ」

「ありがとう、おじいちゃん。でもまだ気が早いって。教わらなきゃならないこと、色々あるんだから」

だけど実際、自分が店を継ぐことは現実味を帯びた感覚になってきていた。最初は何がどう大変なのかさえわからないまま、漠然と店を継いで残さなきゃ、と思っていたが、今は何が大変なのか、この先どんな風にしていくべきか、具体的に想像できるようになってきた。

最近は茶葉の仕入れ方やアンティークカップの手入れの仕方も教わっているし、おじいちゃんのしている業務は大体把握できたと思う。

まあ、把握できたってだけで、結局はまだまだなんだけどね。

だけど少しずつ、自分に自信が持てるようにはなってきた。

「じゃあ美宙、また明日……」

夕方、店を出ようとしたおじいちゃんが、急に顔をこわばらせ、腰をさすり始めた。

「えっ、おじいちゃん、大丈夫？」

心配してたずねると、おじいちゃんは苦笑いした。

「うむ……。今、ちょっとヒヤッとしたよ。腰に違和感が出てね」

「私、家まで送ろうか？」

「いや、大丈夫だ。嫌な予感がしただけでなんともなかったみたいだ。美宙は今日も紅茶の研究をするんだろう？　引き続き頑張ってな。あの記録ノートは大したもんだよ」

私は日々、ジャスパーにテイスティングしてもらいながら茶葉ごとの最適な湯温、茶葉の量、抽出時間を記録し続けている。記録ノートのページ数もだいぶ増えてきて、お店にある茶葉の淹れ方はノートを見れば大体わかるようになった。

「ほんとに大丈夫なのね？」

「ああ、心配するな。今日は家に帰ったら安静にしておくよ。最近調子にのって腰を動かしすぎていたのかもしれんな」

じゃあまた、と言っておじいちゃんは帰っていった。

だがその日の夜、おじいちゃんから我が家に電話がかかってきたのだ。

「はい、はい。あらそうですか……」

怪訝《けげん》な顔で受け答えをするお母さん。

そして受話器を置いて保留ボタンを押すと、私に言った。

「おじいちゃんまた腰を痛めちゃったんだって。しばらくまた入院だってよ」

「ええ？」

「ちょっと美宙と話したいって」

うそでしょう？　また入院だなんて。


翌朝、私は肩を落としながら店の前に「臨時休業」の貼り紙をした。

せっかくお店の営業再開を知って来店する人も増えてきつつあったのに、また臨時休業だなんて。

昨日の電話ではおじいちゃん、前回ほど長くは休まないと思うって言ってたけど、今度こそしっかり治してもらわなくちゃ。

私も自分にできることをやらないと。今後おじいちゃんにこういうことがあってもお店を私一人で営業できるようにならなくちゃね。


そうしておじいちゃんが入院して、二週間ほどが経過した。最初は一週間程度の予定だった入院期間は延びてしまっている。

最初のうちは毎日お見舞いに行っていたが、おじいちゃんの容体が安定していることもあり、ここ数日はお見舞いには行かず、お店のフードメニューをさらに復活させるべく、様々な品をお店で練習していた。定番だったスコーン、細川君が好んで食べていたキューカンバーサンドは、早めに復活させたい。

　家に帰ると、ちょうどすぐにお母さんも帰ってきて、玄関ドアが開いた。

「お母さんおかえり」

「ただいまぁ。おじいちゃんのお見舞いとお買い物してきて、疲れちゃったわ」

「明日、久々におじいちゃんのお見舞い行こうと思うんだよね。病室とかは変わってない？」

「うん、同じ病室よー。でも実は、今日行ったらおじいちゃん寝込んじゃってたのよ。熱が出ちゃったらしくて」

「えっ、熱が？」

　腰を痛めているだけのはずだよね？

「先生が、誤嚥性肺炎《ごえんせいはいえん》かもしれないって言ってたわ。咳《せき》もしていて……。何事もないといいんだけど」

「そっか……」

「まあおじいちゃん、歳《とし》のわりに元気で若々しい人だから、きっと良くなるでしょ」

　笑ってそう言いながらも、お母さんの瞳には少し元気がなかった。

翌日、私はおじいちゃんの病室へ向かった。

お見舞い、久しぶりになっちゃった。

昨日熱出してたみたいだけど、おじいちゃん大丈夫かな？

良くなっているといいんだけど……。と思いながら病室の扉を開ける。

すると……。

「えっ……」

酸素吸入器を装着し、おじいちゃんは弱々しく病室のベッドに横たわっていた。

「おじい……ちゃん？」

そっとそばに近づくと、おじちゃんはゆっくり瞼《まぶた》を開けた。

「おお、美宙か……」

呼吸が浅く、話すのもちょっと辛《つら》そうだ。ベッドの脇には酸素飽和度を表示するモニターが置かれていて、九十パーセント前後を行ったり来たりしている。

「おじいちゃん、大変そうだから、無理に喋《しゃべ》らなくていいからね」

私がそう言うと、おじいちゃんは少し口角を上げながら言った。

「……おじいちゃんも……美宙と話したかった」

いつもきっちり髪を整えていたのに、今は白髪の細く柔らかい毛が枕に擦《こす》れてぐしゃぐしゃになっている。目には生気がなく、顔色も悪くて、お店に立っていた少し前までのおじいちゃんとはまるで別人みたい。

ゲホゲホ、とおじいちゃんが噎《む》せる。

苦しそうなおじいちゃんを見ているのはとても辛い。

ずっと頼りになる存在だったのに、今はおじいちゃんがとても儚《はかな》い存在に思えた。

咳が落ち着いて一息いれてから、おじいちゃんが言った。

「すまんな、心配かけて……。実は肺炎になった」

「腰が痛くて入院していたのに、どうして？」

「誤嚥性肺炎という……らしい……。腰が痛いのを庇《かば》って、上体を起こさずに食事をしていたのが……良くなかったようだ」

「そんな……」

確かにおじいちゃんは食事をする時にも、完全には上体を起こさずに少しだけベッドを背上げした状態で食べていた。でも腰が痛むから仕方のないことだったし、腰に体重がかかるのは治療上良くないこともあって、そもそも上体は起こせなかったはずだ。

おじいちゃんは病気を悪くしないように過ごしていただけなのに、それが原因で肺炎にまでかかってしまうなんて。

「歳とると……駄目だな。あちこち弱って……腰も治せないうちに、また新しい病気だ……」

「大丈夫、きっと治るよ」

そう言うことしかできなかった。

噎せながら横向きになり、少し身体《からだ》を丸めたおじいちゃんの背中をさする。

おじいちゃんが急に、小さくなったように感じた。

「店のこと……すまん。中途半端なままだ。美宙もこんな状況じゃ、困ってしまうね」

「気にしないでよおじいちゃん！」

自分が大変な時に、おじいちゃんはまだ私のことを考えて心配してくれているんだ。

「言ってなかったが……美宙が店を継ぐと言ってくれて、おじいちゃん、とても嬉《うれ》しかったんだ」

そう言って、おじいちゃんは苦しげに息をしながらも口角を上げた。

「おじいちゃんにもしものことがあったら……店は美宙の好きにしてくれ」

「おじいちゃん。そんなこと言わないでよ。しばらく治療に専念したらきっと良くなるから……」

「だと、いいがね」

そう言うと、おじいちゃんは疲れたのか、また眠り始めてしまった。

「おじいちゃん……」

思っていた以上におじいちゃんの病状は重く、おじいちゃんの身体がそれに耐えうるとも言《い》い難《がた》いのだということを、私は悟った。


家に帰るとすぐ、お父さんが仕事部屋から出てきた。お父さんは映像制作の仕事をしているのだけれど、たまに撮影で出かける以外は自宅で編集作業をしている。忙しい時は眠る時間もあまりないほどだが、普段は時間の融通もきくし自分の好きな時に仕事ができるようで、わりと気ままな生活を送っているように、傍目《はため》には見える。

「美宙、お見舞い行ったんだって？　おじいちゃんどうだった」

お父さんに聞かれ、正直に答える。

「うん……酸素吸入器つけて、喋るのも辛そうだったよ。誤嚥性肺炎になっちゃったって」

自然、暗い顔になってしまう。病室のおじいちゃんの弱々しい姿を思い出す。

「誤嚥性肺炎……。そうか……」

お父さんは少し寂しげな顔をした。

「きっと良くなるとは思うが、おじいちゃんも歳だからね……。少しは覚悟をしておいたほうがいいのかもしれない。仕事もいち段落したし、明日は三人でお見舞いに行こう」

「うん……」

覚悟、か。おじいちゃんならきっと治るって思ってはいるけれど、絶対に大丈夫だなんて、心の底からは言えなかった。

11　人生をかけた決断

両親と病室を訪れると、そこには月子《つきこ》おばさんの姿があった。

月子おばさんはお父さんの妹で、病院のある市内に住み、市内の会社に勤めている。独身でバリバリのキャリアウーマンで、確か今は人事課の課長をしていたんだったと思う。

いつもきっちり巻かれた髪と発色の良い口紅、くっきりとしたアイラインが印象的で、できる女性って感じの人だ。

「あら、美宙《みそら》ちゃんお久しぶりね」

そう言って月子おばさんは、かすかに微笑《ほほえ》んだ。

ベッドの上では相変わらず酸素マスクをつけたおじいちゃんが、スヤスヤ眠っている。

「ご無沙汰してます」

ぺこり、と頭を下げる。月子おばさんに会ったのはいつぶりかなあ。おばさんは忙しい時が多いし、よくボーイフレンドができるから、お正月やお盆の休みでも会わないことが多い。

私が社会人になってからは、二、三回しか月子おばさんに会ってなかったかも。

ああ、そうだ……。思い出した。三年前のおばあちゃんのお葬式が、月子おばさんに会った最後の時だったんだ。


しばらくして病室を出た私たちは、病院内のカフェで食事をすることになった。おじいちゃんの病状について軽く話した後、月子おばさんはぽつりと言った。

「私、父さんには何も親孝行できてないわ」

「そんなことはないさ。月子は勉強もできたし、地元の優良企業に就職して、管理職にまでなったんだ。自慢の娘だったと思うよ。それだけでもう充分に親孝行だ。それに親父《おやじ》もどこか月子を頼りにしていたところがあったようだし」

お父さんはそう答えたが、月子おばさんは苦笑いしながら首を振った。

「そんなの、今回の入院くらいなものよ。うちから病院が近いから、たまに必要なものを頼まれてお見舞いの時に持っていくくらい。ま、たったそれだけでも頼りにされるのは嬉《うれ》しいけどね。父さん今まで身体《からだ》の具合が悪くなったことなかったし」

「前に保険の相談とか乗ってたじゃないか。それに月子、気に入ったワインが見つかると、たまに親父に送っていただろう？　あれ、結構喜んでたんだよ、親父。大体それを言うなら俺だって、親孝行らしいことなんか何もしていないしな」

「兄さんがずっとあの町に住んでいたから、父さんも母さんも心強かったと思うわよ。ネットのことでもリフォームのことでも、なんでも兄さんに相談していたし。それに……美宙ちゃんという可愛《かわい》い孫もいるし、ね。父さん、美宙ちゃんが大好きだから」

そう言って、月子おばさんは私に目配せした。私という存在をどこか慈しむような瞳。

美人の月子おばさんにそんな目で見られると、私はたじろいでしまう。

「そういえば美宙ちゃん、東京から戻ってきていたんだってね。私、つい最近そのことを知ったのよ」

「ええ、そうなんです……。大学を卒業してから勤めていた会社を辞めたので」

「そのまま東京で転職先を探そうとは思わなかったの？　東京ならいい勤め先がいくらでもあるでしょうに」

うう、月子おばさん、別に怖い人じゃないんだけど、私が小心者なせいなのか、なんとなくそう言われると責められているような気がしてしまう。

「一度地元に戻って、自分の人生を見つめ直したいと思いまして……」

「そうなのね。まあ、人間そういう時間も必要よね」

月子おばさんは、ふふふと微笑んだ。はあ、これで助かったかな？　もうこの話題は終わりにしたいところだけれど……。

しかし終わりには、ならなかった。

お母さんが余計なことを言い始めたのだ。

「それがねえ月子さん、美宙ったら最近、おじいちゃんのお店を継ぐなんて言い始めていて。私もほとほと困っているのよ」

「あら……アンティークカップスを？　そういえば今、お店をお手伝いしてくれているんだったわね」

月子おばさんの視線が、ほんの少し鋭くなった。

「あのお店を継ぐなんてこと、一朝一夕にできるわけないでしょう？　なのに、これから紅茶の勉強をすれば大丈夫だーなんて言って」

「ちょっとお母さん、やめてよ……」

思わずそう言うと、お母さんは眉をひそめた。

「こういう時だからこそ話してるの。そろそろきちんとケリをつけないとね。おじいちゃんにもしものことがあったらあんたどうする気なの？　すぐに店を継げるわけ？」

「まあ、一応は……」

「そんなこと言って。これを機に、もう一度自分の人生について真剣に考え直したら？」

「真剣に考えてるよ」

するとその会話をじっと聞いていた月子おばさんが、ちょっとの間考え込んでから口を開いた。

「あのね、実を言うと、ちょうど美宙ちゃんにどうかなーと思っていた話があるのよ」

「私に……ですか？」

「うん。つい最近、うちの経理課の女性が一人、旦那さんの転勤で急に会社を辞めることになったの。それで経理事務担当を一人募集する予定になっていて……。できれば経験者がいいのよねえ。美宙ちゃんって確か経験者よね？」

「はい……」

「それなら……私がいい子がいるからって言えば、求人を出さずに美宙ちゃんを採用できるかもしれないわ。一応部長に話してOKもらわないとだけれど……。ほぼ大丈夫だと思うのよね」

「まあ！　いい話じゃないの美宙！」

お母さんは声をあげた。

「うちの会社、この辺の企業の中じゃ、かなりホワイトなほうよ。きちんと有給もとれるし、残業も少ないし、お給料もそこそこいいほうだし。福利厚生もしっかりしてて、育休もとりやすい環境よ。社員数が多いから出会いも多いと思う。若い子たちはよくバーベキューとか飲み会を開いてるし、同年代のお友達ができて楽しいと思うわ」

「ええ……」

「美宙！　月子さんのところ以上の会社なんて、この辺にはないわよ！」

また、お母さんがまくしたててくる。

「ただねえ、もう来週にでも求人出そうと思っているから、本当に明日明後日中《あすあさってじゅう》にでも話を決めないと間に合わないのよ。急で申し訳ないんだけれど」

「そうなん……ですね」

自分でもわかる。

これはとてもいい話だ。

実家から通える範囲で、月子おばさんの会社は確かにトップレベルの優良企業だし、仕事内容も経理事務だったら、大体何をすればいいのか予想がつく。安心して就職できるし、それなりに仕事をこなせると思う。

だけどそしたら、あのお店はなくなってしまうんだ。豪華絢爛《ごうかけんらん》なアンティークカップがずらりと並べられていて、置いてある紅茶の銘柄も異様に多い、へんてこで唯一無二の、あまりにも素敵なあのお店がなくなってしまう。

わざわざ遠くから足を運んでくださるお客様もいる隠れた名店で、毎日来る常連さんもいて、地元の酒屋のおっちゃんやマダムの井戸端会議にも利用されている、日常と非日常を兼ね備えたあのお店が。

全てを包み込んで、私に居場所を与えてくれた、あのお店が、なくなってしまう。

「迷いがあるようだから言うけれど、あのお店を継ぐというのはちょっと現実的じゃないわね、美宙ちゃん」

そう言って月子おばさんは苦笑いした。

「現実的じゃ、ないですか？」

胃が重くなるのを感じながらたずねると、月子おばさんはうなずいた。

「あのお店、昔は繁盛していたけれど、温泉街に人が来なくなってからはろくに利益の出ない状態が続いていたのよね。今も営業しているのは、あくまでも父さんの老後の趣味の一環みたいなものよ。慈善事業と言ってもいいわね。地域の人とカップマニアのためのサーヴィス。あんなお店、身体を壊すほど無理して続けなくたっていいじゃないって私は何度も言ったのに、父さんは頑固だから……」

月子さんが長いため息をつく。

慈善事業……。サーヴィス？

老後の趣味？

そうなんだろうか？

「美宙ちゃんは優しいから、あの店を残さなきゃと思ってくれたのね。でもそれは一時の気の迷いだと思うわ。もっとしっかり、自分の未来と向き合ってみて？」

ほとんど完全無欠に近い月子おばさんからの言葉だからこそ、ずしりと重くのしかかる。

あの店を継ごうなんて、私は浅はかで考えなしの愚か者なのだろうか。

私のしようとしていること、間違っているのかな。

「……ちょっと、考えさせて、ください」

自分の声が震えているのに気づく。ああ、自分が嫌になる。自信を持って、たった一言でも月子おばさんにこの胸の想《おも》いを伝えることができない自分が。

「ごめんね美宙ちゃん、さっきも言ったけど、明日明後日中にでも返事をもらわないといけないのよ。急な話で混乱してるかもしれないけど、早めにお返事をちょうだいね。本当はもっと早く話せたら良かったのだけれど、募集の話自体が急に降って湧いた話だったのよ」

「いいのよ月子さん。もう感謝してもしきれないわ。美宙のこと、どうしようかと思っていたものだから……」

お母さんは月子おばさんに詫《わ》びながら話し始めた。

帰りの車の中で、お母さんは言った。

「美宙、わかってるわね？」

「わかってるわねって、なによ……」

「月子さんの話よ。断るんじゃないわよ」

「……」

私は何も答えなかった。

お母さん……。

キャロットケーキの件で、少しは私の気持ちを理解してくれたのかと思っていたのに。

月子おばさんの話で、完全にお母さんの気持ちは反対の方向に固まってしまったみたい。

「美宙なら正しい道を選ぶって、お母さん信じてるからね。なるべく早めに気持ちのけじめをつけて、月子さんに連絡しなさい。後悔するのはあんたなんだからね」

「はあ……」

私は気持ちを落ち着かせようと、家に着くなり自分の部屋に籠もった。

ドアを閉めるとその場にしゃがみ込み、頭を抱える。

おじいちゃんの具合がかなり悪そうだったこと、自分の将来のこと。

月子おばさんの会社で働いた場合の未来と、おじいちゃんのお店を継いだ場合の未来と。

──普通なら、月子おばさんの会社を選ぶよね。

私だって常識人だから、そのくらいのことはわかる。

そういうことがわかる人間だから、大学を卒業した後きちんと就職したんだもの。

だけど……。

「私にとって本当に正しいことって何なの」

思わず、声に出してつぶやく。私以外に誰もいない、しんと静まり返った部屋の中で。

もちろん、誰も正解なんか、教えてくれない。

「はあ……」

布団に横になってみたものの、もちろん寝付けるわけもない。一睡もできないまま独り悶々《もんもん》と考え続けている。

「どうしよう……」

そりゃあ、あの店を失いたくないという気持ちは変わらない。店を継ぎたいと思って紅茶の淹《い》れ方《かた》も練習して、ジャスパーにテイスティングしてもらいながら、茶葉の量や湯温の記録もつけて。ノートには今までの膨大な記録がびっしり書き込まれている。私の想いの強さは確かだと思う。

だけどその一方で、店を継ぐことに不安がないわけではない。むしろ不安だらけだ。うちの店に来てくれるお客様、どちらかといえば高齢の方が多いのだ。たまに若い方も来るけれど、割合としては少ない。

ということは将来的に、どんどん集客が難しくなっていくのかもしれない。

大体温泉街自体、よくこんな状態でやっていけるなと思うくらいに観光客が減ってしまっている。この地で新規に商売を始めようなんて考える人間はまずいないだろう。

月子おばさんの言葉が、脳裏をよぎる。

――老後の趣味の一環。サーヴィス。一時の気の迷い……。

「違う、それは絶対に違う」

悔しくて、思い出すと涙が出てくる。

おじいちゃんがあの店を続けるのが、どれだけ大変だったと思ってるの。半端な覚悟じゃなかったんだよ。

あのお店が、おじいちゃんの人生だった。

あのお店が、おじいちゃんの生きる場所だった。

そしておじいちゃんの力で、他に世界のどこにもないあの空間が、存在できていたの。

奇跡みたいに素晴らしくて、たくさんの人の心に幸福の灯《あか》りをともす、あの空間が。

ズズッ。

泣きすぎて、鼻水が出てきちゃった。

起き上がって鼻をかみながら、時計を見る。

「うわあ、もう午前三時……」

目は冴《さ》えていて、全然眠れそうにない。

ずーっとぐるぐる同じことを考えて悩んでいるだけで、答えなんか出そうにない。

うーん。

「お店、行こうかな……」

月子おばさんからのせっかくの誘いを断り、あのお店を継ぐのかどうか。

あの場所に行って、あの場所を肌で感じながら考えたほうがいいような気がした。

エナジードリンクを飲んで気合を入れてから、車に乗り込む。寝てないからちゃんと集中して運転しなくちゃ。

走り慣れたお店までの道。ハンドルを握りながら、あたりを見渡す。

思えば実家に戻ってからまだ半年も経《た》ってないのに、色んなことがあった。

まさか自分がおじいちゃんのお店を手伝うことになるなんて思っていなかったし、その上店を継ぎたいとまで考えるようになるなんて……。人生わからないものだな。

あっという間に店の駐車場に辿《たど》り着《つ》く。

そしてそのまま運転席から、店の外観を眺める。

ああ、このお店、もしかするともう二度と、開店することはないかもしれないんだ。

私が月子おばさんの会社に就職したら、もうお店は手伝えない。もしもおじいちゃんが肺炎から回復しても、弱った身体と痛めた腰では一人で営業を再開するのは難しいだろう。

もしかしたらこのままひっそり、静かにその歴史に幕を下ろすのかもしれない。

「うそみたい」

ほんの少し前までは、お店の中は照明に照らされていて、色んなお客様が来て、私はお客様を出迎えたり、紅茶を運んだり、レジ打ちをしていた。おじいちゃんは嬉《うれ》しげにアンティークカップのうんちくを話したり、新しく入荷した茶葉の話をしたり、紅茶を淹れたり……。

まだまだこれからも、もっと多くの人に素晴らしい時間を提供できる場所なのに。

そうだ……。こうして考えていたって仕方がない。

私は車を出て、店に向かって歩き出した。


――カランコローン。

ドアベルが鳴る。パチリと照明のボタンを押す。

当たり前といえば当たり前だけれど、店の中はがらんとしていて誰もいない。

「ジャスパーは……寝てるのかな」

カウンターの前まで行き、カップボードを眺める。

ずらりと並ぶ、アンティークカップたち。

私が子供の頃憧れていた光景は、今もそのままだ。

そして大人になった今見ても、その光景は光り輝いている。

「やっぱりすごい」

前におじいちゃんは言っていた。

カップを収集するってことは、自分自身を見つけ出すことでもあるんだって。

カップボードに並ぶアンティークカップたちが、おじいちゃんの美意識を教えてくれる。

その人が何に美しさを見出《みいだ》す人間なのか。それが収集したカップから見えてくるのだ。

このカップボードにカップが並ぶ光景は、おじいちゃんを映した鏡だとも言えるし、おじいちゃんが一生をかけて生み出した作品でもあるのだと思う。

色とりどりで、個性豊かなカップたちを見ていると、お客様の個性を尊重しながらも調和した空気を生み出すおじいちゃんと、このお店みたいだな、と思えてくる。

そしてそんなカップボードの隅に、ウェッジウッドのジャスパーウェアと、ワイルマンのデイジーシェイプがちょこんと居座っていた。

「きっとみんな、眠ってるんだな……」

そんな独り言をつぶやき、静かに笑う。

アンティークカップの精霊ってのがいるんだよ。

そんな話をしたところで、誰も信じてはくれないだろうし、おかしな人だと思われちゃうかも。

でも、本当にいるんだから、仕方がない。

ここに来るとやっぱり、落ち着くな。

ここにいると、心が温かくなる。

できることなら、ずーっとずーっと、私がおばあさんになっていつか身体《からだ》が動かなくなってしまうその日まで、ここにいられたらいいのに、と思う。

だけどその気持ちだけじゃ生きていけないだろうというのも、至極まっとうなご意見だ。

――この世界に私の居場所がない。

そう感じてた。

でもこの店を手伝うようになってから、おじいちゃんが私を受け入れてくれて、常連さんとも日常を共にするようになって、アンティークカップの魅力にまた心を摑《つか》まれて、紅茶の世界の奥深さを知って。お店を残したい、ずっとここで働きたいと思うようになって、その目標に向かって努力するようになって……。

このお店に関わることで、私は自分の精神的な居場所を得ていた。

自分がやりたいと思うことに対して頑張れることが、幸せだった。

だけどもうおじいちゃんも、常連さんも、カップの精霊も、この店も……。

私は床にうずくまる。

――一時の気の迷いなんかじゃないよ。

ついこの間まで生きていても意味なんかないって思ってたのに。誰とも心が通じ合ってなくて、私の居場所なんかないって思っていたのに。このお店で働くようになってから、そんなこと一ミリも考えなくなったんだから。

誰も私の気持ちなんかわかってくれない。

私は小さく丸まって、頭を深く下げ、静かに泣き続けた。

そうやって自ら絶望の淵《ふち》に沈んでいるうちに、何にも期待しなくなって、全てを諦められますようにと願いながら。


もうすぐ午前四時。

まだ窓の外の空は薄暗い。

私は泣きはらした酷《ひど》い顔のまま、カウンター前の席で紅茶を飲んでいた。

使っているのはコウルドンのカップ。きらびやかな金彩とハンドペイントで描かれた薔《ば》薇《ら》が美しい。このカップを使うだけで、優雅な気持ちになれる。幼い頃も今も、私はこんなアンティークカップが大好きだ。

「私はこの店を継げない。私はこの店を継げない。私はこの店を継げない……」

自分に言い聞かせるようにブツブツとそう唱えながら紅茶を飲む。

まろやかで優しい甘みがあり、蜜のような香りが漂う、ゴールデンティップたっぷりの雲南《うんなん》紅茶。

とっても美味《おい》しい。

こんなにも美味しい紅茶が淹《い》れられるようになったのに……。

また、涙が出てきた。

すると、その時だった。

――カランコローン！

勢いよくドアベルが鳴る。

「へ？」

驚いて振り向くと、そこには細川君《ほそかわくん》の姿があった。いつもと違って上下ともスポーツメーカーのジャージを着ている。

「どうしたの」

私の顔を見るなり、細川君は目を見開き、こちらに歩み寄ってきた。

こんな……泣きはらして髪もボサボサの姿、どうやって言い訳したらいいんだろう。

どうやったって、言い訳なんかできそうにない。

「な、なんでこんな時間に細川君が？」

動揺しながらそうたずねると、細川君は言った。

「なんだか最近、あまり寝付けなくてさ。今日も早朝に目が覚めちゃって、ジョギングしていたんだよ。それでたまたま店の前を通りかかったら明かりがついているから、美宙さんがいるのかなと思って」

「そう……」

私は手の甲で涙を拭いた。

だめだ、いつも通りの表情、作れない。

「大丈夫？」

たずねられ、私は細川君の顔を見上げた。

私が今思っていることを打ち明けたら、一体どんな顔をされるのか想像もつかない。

でも、人に媚《こ》びず、ありのままの自分で生きている細川君に、全てを話して、正直な意見を聞かせてもらいたい気がした。

「……正しいほうを選べと言われているの。だけど『正しいほう』は自分の気持ちとは違うほうなの。それでも私の選ぼうとしているほうは間違ってるって、私のことを親身になって考えてくれている人たちに言われて……」

「うん」

真剣に、細川君は私が唐突に始めたわけのわからない話を聞いてくれている。

それだけで、本当にありがたい。

細川君に話そうとすると、自分の気持ちが自然とそのまま言葉になっていく。

「私には正しいほうがわからないの。本当の正解が何なのか、わからない。自分の人生の正解がわからない。自分の選びたい道だって、絶対に成功できるなんて断言できるほどの自信はないの。その上周りに反対意見が多いと、もう……自分が消えてしまいそうで」

「なるほど、わかったよ」

細川君は深くうなずいてから、言った。

「まず、人生の正解なんて誰にもわからない。そんなの結局結果論だからね。結果的に成功すればそれが正解だったことになる。でも人生の結果が出るのなんて何十年も先だろうし、結果は一つじゃない。途中でいいことも悪いこともたくさん起こり続けるだろう。何をする人生を選んだとしてもね」

「うん、そうだね……」

細川君の言葉が、スーッと身体に染み入っていく。

さっきまで混乱して絶望してふさぎ込んで、うずくまって涙を流していた自分が、冷静になっていく。

「だったら、後悔しないようにしたほうがいい。自分ではこっちにしたいと思っていたのにそうさせてもらえなかった、なんて思いながら生きていたら、きっと自分の人生や自分自身に価値を感じられないと思う。だったら失敗や悪い結果が多かったとしても自分のしたいことをしたほうがいいよ。自分のしたいことを少しでも達成できればきっと自分にも人生にも価値を見出《みいだ》せる。失敗した時にも、自分で選んだことだから仕方がないなと思える。そうじゃない？」

「まったくもって、その通りね」

細川君の言葉で、急に答えが見えてきた気がした。

こんなにも嘆き悲しんで、人生に絶望しなければならないくらいに落ち込んでいるのなら、私の選ぶべき道は一つしかない。

迷う必要なんか、なかったんだ。

「ありがとう、細川君」

急に心が軽くなって、思わずフフッと笑いをもらすと、細川君も笑顔を浮かべながら言った。

「今にも死にそうなくらい落ち込んだ顔してたから、どうしようかと思ったよ」

「私、結構落ち込みやすいの。でも立ち直るのも早いけど」

「そりゃよかった」

「紅茶飲んでいく？　人生相談のお礼に、一杯タダで淹れてあげる」

そう言うと、細川君は嬉《うれ》しげにうなずいた。

「じゃあお言葉に甘えようかな。喉も渇いたし」

立ち上がり、カウンターの中に入る。

「それにしても、細川君ってすごいね。若いのに、どうして人生の真理を知っているの？」

「別に僕は人生の真理なんか、知らないよ。ただたまたま、美宙さんと同じことで悩んだことがあったってだけ。あと……僕、美宙さんとほとんど歳《とし》変わらないよ」

「えっ、そうだったの？」

聞き返すと、細川君はうなずいた。

「美宙さんって二十八歳だよね？　僕、二十七だからたった一つしか違わない」

「うそお！　私、もっと若いと思ってた……。大学卒業したてくらいかと」

「なんかそれ、逆に失礼な感じあるよね」

ふふ、と思わず笑いがこぼれる。

最初に出会った時は細川君、私のことをめっちゃ警戒してたっけ。

それなのに、今はこんな風に心を開いて話せている。

いつの間にか日の出の時間になったのか、窓の外の空はじんわりと赤らみ、朝日が店内に差し込み始めている。

ずらりと並ぶカップボードのアンティークカップも、おじいちゃんがこだわり抜いて揃《そろ》えた調度品や雑貨もとても美しく光り輝いて……。

——やっぱり私。

絶対にこの場所を、守りたい！

12　クラウドファンディング

私はお店の帳簿とにらめっこしている。

細川君《ほそかわくん》に話を聞いてもらったことで店を継ぐ決心がついた私は、さっそく月子《つきこ》おばさんに断りの連絡を入れた。月子おばさんは一瞬言葉を失い、その後二回も「本当にいいのね？」と確認してきたが、私の決意は変わらないと伝えた。お母さんは当然、烈火のごとく怒っており、実家は重苦しい空気に再び包まれてしまった。

だがまあ、そこは私の今後の努力で段々認めていってもらうしかないだろう。

今は、お店を継ぐ上での問題点をクリアしていかなくちゃ。

「仕入れる茶葉の種類は減らして……。この修繕費っていうのがネックよね。それに根本的な問題として売上額が少ない……」

パラパラとページをめくり、過去にさかのぼる。今は縮小営業のせいでかなり売上が落ちているけれど、帳簿を数年前にさかのぼっても売上額は思わしくなかった。

「ふーむ、なるほど」

縮小営業前のメニュー表を開いてみる。

「紅茶のメニュー、一律五百円なんだよねぇ。高級茶葉だから実はこの価格設定って結構キツいな。クリームティーセットは九百円、サンドイッチと紅茶のセットは千円……」

軽食しかないから客単価が低いのだ。だが、私一人でお店を切り盛りするなら、頑張ってもせいぜい縮小営業前のフードメニューを全て復活できればいいほうで、それ以上にメニューを増やす余力はないだろう。

なんとか、先々に不安を感じない程度の売上が立つ見込みにはしないと。

と帳簿とにらめっこしていたら、ふわり、と白い影が現れた。

「あら……デイジー」

ジャスパーならよく現れるけれど、デイジーとはめずらしい。

しかし相変わらず何が気に入らないのか、どんより暗い顔をしている。

「この前、見ていたわ」

唐突にそう言い始めた。

「えっ、何を？」

「美宙《みそら》、泣いてたわね」

「ああ……」

私が店を継ぐか月子おばさんの会社に就職するかで悩んでいたあの夜のことを、カップボードからデイジーは見ていたのか。

「あの時、あの常連の男の子さえ来なければ、美宙は諦めていたはずなのに」

悔しそうにデイジーは唇を噛《か》みしめる。

「諦めずに済んで良かったって、私は思ってるよ。細川君のおかげで、自分が何を大事にして生きていくべきなのか、ちゃんと見えたから。……それにデイジー。あなたにとってもこのお店が存続したほうがいいはずじゃない。なのにどうしてこのお店が閉店することを望んでいるの？」

たずねると、デイジーはせせら笑った。

「美宙は見通しが甘すぎるのよ。何事にも引き際というものがあるんだってこと、私はちゃんと知ってるの」

「引き際だなんて……まだこのお店は」

私の言葉を遮るように、デイジーは言った。

「美宙、今日こそは、もうこのお店を諦めたほうがいいんだってことをわからせてあげるわ。……ちょっとお手洗いを見てきたら？」

「え、トイレ？」

不安に思いつつトイレへ向かう。確かにお店のトイレ、かなり年季が入っている感じで、たまに水の流れが悪くなるのだ。

トイレへ行き、水を流すレバーを回してみる。

――あれっ？　うんともすんとも言わない。

何度もレバーを回したが、一向に水が流れない。

「おととい、台風が来たでしょ。あれ以来、お水流れないのよ」

いつの間にか後ろに立っていたデイジーが、ぽつりとそう言った。

「前から調子悪かったけど、これは完全に駄目になっちゃってるね……」

思わず声のトーンが落ちる。これって修理というより、トイレの設備ごと交換したほうがいいのかも。それって一体、何十万円かかるんだろう。それに本当はトイレに併設されている手洗い場もあわせて綺麗《きれい》にしたい。設備は新しくしつつもアンティーク調の店内に合うような内装で……。いくらあれば足りるのだろうか。

「それと、キッチンの水道の蛇口も水漏れが酷《ひど》いの。だましだまし使ってきたけれど、営業を続けていくなら、そこも必ず直さないといけないと思うわよ？」

「そう……ね」

確かに蛇口の水漏れは、デイジーに言われる前から薄々気づいていた。

このお店の水回りはそろそろ寿命が来ている。

いや、もうとっくに寿命が来ていたのに無理矢理使い続けてきたのだ。

私がお店を継ぐなら、水回りをリフォームする必要が近いうちに必ず出てくるだろう。

少なくとももうトイレは逝ってしまわれたわけだし……。

「そんな費用を払えるだけのお金、ない……」

会社に六年いたけど、ろくに貯金なんかないのだ。得た収入はほとんど、家賃と外食代で消えてしまった。その上つい最近、なけなしの貯金をはたいて中古の軽自動車を一括払いで購入してしまったから、もう本当にお金がない。トイレの最低限のリフォーム代さえも、出せるかどうか。

「家賃がないと言ったって、こうやってメンテナンス費用が結構かかるものなのよ。これでもうわかった？」

念を押すように、デイジーは言った。

「このお店を継ぐことは、諦めて。全てのことにはいつか終わりが来るの。私たちアンティークカップの時代なんか、本当はもうとっくに終わっていたのよ。今は大量生産の安くて丈夫で使い勝手のいいカップが山ほどあるじゃない。デザインだって、シンプルなものが流行《はや》りなんでしょ？」

「それは……。だけど、アンティークカップにはアンティークカップにしかない良さがあって……」

「もう、眠りにつく準備ならできてるのよ。このお店が悲惨に落ちぶれていくのを見たくなんかない。リフォーム代も払えないなら、今度こそスッパリ諦めてちょうだいね」

「そんなっ」

言い返す言葉も見つからないうちに、デイジーはふわりと消えてしまった。

「もう……。いつも言いたいことだけ言って消えちゃうんだから」

だけど、今自分にお店のリフォーム費用など出せないのは確かだった。お金を借りるにも、無職の身分でどの程度借りられるものなのだろう。第一、ただでさえお母さんに反対されているのに、そんな借金を背負ってのスタートなんか理解してもらえるはずもない。下手したら、家から追い出されて縁切られたりして……。

「そんな風になるのは嫌だな」

私のことを親身になって心配してくれている人を悲しませたいわけじゃない。

本当は、ちゃんと安心してもらいたいもの。

でも、だからって一体どうすればいいの？

最低限、トイレを直さなくちゃお店は再開できない。

「ふぅ……」

私はため息をつきながらテーブルに突っ伏した。

その後さっそく私はネットでリフォーム会社数社に見積もりを依頼してみた。トイレ、手洗い場、キッチンのリフォームをするとなると、費用を抑えめにしても百五十万はかかるみたいだ。

「百五十万ねえ……」

とんでもない大金ってわけでもないけど、今手元にそのお金がないのだからどうにもできない。他にも飲食店開業について調べていくと、初期投資や商売が軌道に乗るまでの自分の生活費として、ある程度開業前にお金を貯《た》めておくことが重要、とどのサイトにも書かれている。

「確かに、普通そうだよね。私も一旦別のお仕事して貯金して、それから……」

そんな猶予、あるだろうか。

おじいちゃんはまだ肺炎が治らず寝込んだままだ。正直高齢なのもあり、もしもってことも考えられる。もしもおじいちゃんが亡くなりでもしたら、今の状況ならお店はすぐに取り壊されるか、売りにでも出されてしまうんじゃないだろうか。

そうでなくても、おじいちゃんの体調不良が長引き、休業状態が続けば続くほど、お客様は離れていってしまう。今ついてくださっているお客様を逃がさないためにも、なるべく早く営業を再開したほうがいい。

百五十万円を貯めるのに、数カ月で、というわけにはいかないだろう。だけどおじいちゃんのことや経営のことを考えると、そんなに悠長にはしていられない。

「今までもっと節約して貯金しておけばよかった……。でも、こうなるなんてわかってなかったしなぁ」

それに東京暮らしで外食の費用がかかっていたのにも、理由がある。精神的に疲弊して自分でご飯を作る気力がなかったし、外食で美味《おい》しいものを食べるのが、当時唯一のストレス発散みたいなものだったのだ。

とりあえずちょっと気分転換しようと、私はSNSを立ち上げた。

お店のアカウント、今日もたくさんのいいねがついている。

私が店主体調不良のためしばらく休業しますと投稿した時には、たくさんの人がおじいちゃんやお店を心配するコメントをくださった。その後も、みんなにお店のことを忘れてほしくなかったし、元々アンティークカップの画像投稿にはいいねがついていたから需要があるのだと思い、休業してからも時たまお店のティーカップの写真を投稿していた。

「わあ、今日もいくつかコメントもらってる。営業再開したら是非うかがいたいです、だって」

そうしたコメントを見ると、思わず顔がほころんでしまう。

と同時に、せっかくそう思ってくださっている方がたくさんいるのに、お店がこのままなくなってしまうのは本当にもったいないとも思う。

「どうにかできないのかなあ……」

独り言を言いながら、ぼーっとSNSのタイムラインを眺めていると、とある投稿が目に留まった。

【福岡《ふくおか》の美味しいお茶、八女茶《やめちゃ》の魅力をもっとたくさんの人に知ってほしい！　クラウドファンディングで応援おねがいします！】

「クラウドファンディング……？　って何だっけ」

うっすらとは知っている。寄付みたいなもの？

リンクをクリックし、詳細を確認してみた。どうやらこのクラウドファンディング……略して「クラファン」を募っているお方は福岡の茶園で働いている方で、もっと八女茶の良さをたくさんの人に知ってもらうのが夢なのだそうだ。そして、支援する金額ごとにリターンというものが選べて、例えば支援金額二千円で種類の違う八女茶を二袋、五千円だと、八女茶から作った和紅茶なども含むバラエティーセットを送ってくれるらしい。

「へぇ〜、面白いな。この茶園の方の熱意も伝わるし……」

ただお茶を買うよりも、応援したい、という気持ちでお金を払えることが嬉《うれ》しい気がする。

興味を惹《ひ》かれ、私はその他のクラファンも色々見てみた。

「絵本を作る夢を叶《かな》えたい……。バンドのライブ映像をDVD化したい、このままだと廃棄されてしまう野菜を救いたい、古民家をカフェに改装したい……」

古民家を、カフェに。

そのページに興味を惹かれてクリックしてみる。すると、その方の熱い想《おも》いがそこには綴《つづ》られていた。

「そっか、この古民家、歴史的価値もあるのにこのままだと取り壊されちゃうんだ。それでこの方はこの古民家を改装して、子連れのママでもゆっくりできるようなカフェに改装したいと思ってるんだ」

リターンはお店のお食事券になっている。結構人気みたいで、目標金額の八十万円にもうすぐ到達しそうだ。

「これってもしかして……。まさに今の私を救ってくれるものなんじゃ……」

私はすぐに、クラウドファンディングのやり方について調べ始めた。


ミーンミンミンミンミンミンミンウェアアアアアアア。

蟬《せみ》が、鳴いている。

「あっつ」

車のドアを開けた途端、もわっと外の熱気が漂ってきた。

フロントガラスに貼るサンシェード買わないとな……。暑さでカーナビ壊れちゃいそう。

――八月中旬。

お盆休みになり、温泉街には人が溢《あふ》れている。

でも英国喫茶アンティークカップスは、まだまだ臨時休業中。

本当は稼ぎ時なのにもったいないけれど、仕方ない。おじいちゃんはまだ肺炎から回復しておらず、当分は入院生活が続きそうだ。

お店に来るのは数日ぶり。実は今日、とある人と待ち合わせしているのだ。

「あっ」

そのとある人が、やって来た。リュックを背負い、チェック柄の半袖シャツを着て、丸眼鏡をかけている。

「細川君、こんにちは！」

私は声をかけながら駆け寄っていく。すると細川君の瞳がほんの少し左右にブレた。

「どうも……」

「暑い中来てくれてありがとうね。少し早めに来て冷房効かせておくつもりだったんだけど、細川君がこんなに早めに来てくれるなんて思ってなくて」

「なんか久しぶりだから、どのくらいかかるのかわからなくなってて……。早く歩きすぎた」

「あはは、でもなんとなくわかるかも、その感覚」

鍵を開け、店の中に入る。表の看板はCLOSEDのまま。

そう、今日はお店を営業するためではなく、作家である細川先生にご協力を仰ぐため、この暑い中ご足労願ったのである。

私はすぐに冷房のスイッチを入れ、さっそく紅茶を淹《い》れ始《はじ》める。

「アールグレイのアイスティーでいいかな？」

「ああ、うん。ありがとう」

アイスティーを淹れるのもコツが必要で、最初のうちは色が濁ってしまうクリームダウンという現象に悩まされていた。でもアイスティー向きの茶葉があることや蒸らし時間を短くするなどして調整する方法を知り、今は美味しいアイスティーを淹れられるようになってきた。

私が二人分のアイスティーを用意している間に、細川君は店の中央にある広めのテーブルに荷物を置き、ノートパソコンを起動した。

アイスティーを飲んでほっと一息。額に汗をかいていた細川君も、今は涼しげな顔をしている。

「ふぅ〜。ようやく冷房が効いてきたかもね」

「そうだね……。このアイスティー、本当にうまいよ」

「それは良かった」

「……で」

細川君はパソコンのメモ帳を立ち上げながら言った。

「クラウドファンディングのこと、さっそく話し合おうか」

私はあの日以降、クラウドファンディングについて調べ、数日後には自分も利用してみようと心に決めた。

その後もう一度リフォームについて考え直した。そしてリフォームをもっと安く済ませる方向で進めることにした。当初はアンティーク風の店内に合うようなトイレの内装まで業者にお願いしようかと思っていたが、壁紙やタイル貼りなど、自分でできそうな部分は極力自分でやることにした。それでも、水回りのリフォームには百万円程度は必要だとわかった。

そしてこの百万円という資金を、クラウドファンディングで集めることにした。

クラウドファンディングにも色々な種類があるらしい。融資型、寄付型、購入型。私のしようとしているものは、この購入型にあたる。

つまり、お店のリフォーム費用の百万円を目標金額に設定し、応援を募る。そして支援していただいた金額に応じて、リターンを設定する。お店を応援したいと考え、このリターンに魅力を感じる人がいればお金が集まる。そして目標金額に到達すれば、お店のリフォームもでき、営業を再開できる。

このクラウドファンディングが成功すれば、資金を調達できるだけでなく、お店の復活をたくさんの人が望んでいるのだということも証明できる。そうすれば自分のやろうとしていることにも自信がもてるし、お母さんも少しは安心させられるかもしれない。そして営業再開に向けてお店の宣伝にもなるだろう。まさに一石三鳥にも四鳥にもなるってわけだ。

だが、このクラウドファンディングで最も大事なことは、自分の熱意を人に伝え、人の心を動かすということ。

そのための方法や文章をここ数日一人で考えていたのだけれど、なかなかうまくいかず、細川君に相談にのってもらうことにしたのだった。

ちなみに細川君の連絡先は、この前私の人生相談にのってくれた日に、細川君のほうから教えてくれた。何かあったら連絡ちょうだい、と言ってくれたから、そのお言葉にそのまま甘えることにしたのだ。

それに細川君、このお店があるからこの土地に住んでいるくらいなので、私と同じかそれ以上に、このお店の存続を願ってくれている。クラウドファンディングを考えていることを伝えたら、前のめりに協力すると言ってくれた。

「まず確認したいんだけど、リターンって何を用意するつもりなの？」

眼鏡のフレームを指で押さえ、真剣な表情で細川君が私に問う。

「あの……営業再開後のお店で使えるお食事券みたいな形がいいかなって」

「なるほどね……。でも例えば、五千円の食事券と引き換えに五千円の支援金を受け取るのだと、営業再開後にその分お店の売上が出ないわけだから、結構な負担になるよね。クラファンを利用するにあたって、手数料もかかるわけだし」

「それはまあね。でも仕方がないのかなって」

「それに支援するほうとしても、応援したっていう感覚が薄くなる気がするなあ。ただ五千円払って五千円の飲食をするだけだと」

「なるほど、そういうものかもね。だとしたら……飲食代より少し多めの支援金をもらう代わりに、クラファンに協力してくれた人限定で何かプレゼントをする……とか？」

「それだ！」

細川君が眼鏡を光らせた。

「僕ならクラファンで応援した人限定のグッズが欲しいね。とは言っても、グッズ作製にあまりお金がかかりすぎたら元も子もない。なるべく金銭的な負担がかからず、でも記念になるような物がいいなあ」

「うーん」

グッズねえ。お金のかからないグッズと言えば……。

「ポストカードなら、うちにあるプリンターでも作製できそうだけど」

うちにはカラープリンターがあるし、お父さんは映像制作の仕事をしている関係で画像の加工や編集にも詳しい。私が聞けば何でも教えてくれるだろう。お店のロゴを入れたら支援者の方にも喜んでもらえそうだ。

「いいね。このお店の店内の様子を写したポストカード、欲しいなあ。……そう言えば美宙さん結構写真上手だしね。SNS、僕もよく見させてもらってるけど」

「あ、見てくれてたの？　ありがとう。じゃあ、グッズの第一候補はポストカードかなあ」

「できればSNSに今まで載せた画像じゃなくて、ポストカードのための撮り下ろしだと嬉しい」

「了解です」

細川君って、本当にこのお店のファンなんだな、と思わず顔がニヤけそうになった。

その後も色々細川君と話し合い、まず一つ目のリターンの内容を決めた。

紅茶の回数券十枚とクラファン限定ポストカード十枚セット。お値段六千円。

これはどちらかというと、お店の近所にお住まいで頻繁にお店に来られる方向けのリターンとなるだろう。

「遠くからわざわざアンティークカップ目当てで来てくださるお客様もいるのよね。その方たち向けのリターンも用意したいんだけど……」

「ただのケーキセットだと、一回分でも千円くらいにしかならない、か」

「そうなの。ここのお店、それほど高額なメニューがないから……」

「ないなら、作ればいいんじゃないの」

そう細川君に言われ、うーん、と頭を捻《ひね》る。

紅茶で……高額と言ったら……。

「「アフタヌーンティー！」」

私と細川君は、ほぼ同時にそう叫んだ。

「でも、アフタヌーンティーって色々なスイーツが楽しめるのが魅力でしょう？　私に用意できたとしても、サンドイッチとスコーンとキャロットケーキくらいなんだけど……」

「サンドイッチとスコーンってイギリスの伝統的なアフタヌーンティーの定番だし、いいんじゃないかな。華やかで手の込んだスイーツは他から仕入れたっていいし」

「そっか、何も自分が全部作らなくても、仕入れたらいいよね……」

「あと、このお店の魅力って茶葉の種類の多さだから、僕からしたら紅茶飲み放題だと嬉《うれ》しいかな」

「紅茶飲み放題ね」

確かにそれなら、私にでもできるしお客様にも喜んでいただけるだろう。

「そのかわり、料金はしっかり取っていいと思うよ。あと、こっちには紅茶の回数券とは別のグッズをつけてほしいな。料金が高くなってもいいから、しっかりめのもので」

こうして、二つ目のリターンも決まった。紅茶飲み放題のアフタヌーンティー一回無料券。クラファン限定写真集つき。お値段、五千円。

ちゃんとお客様に喜んでもらえるようなアフタヌーンティーを用意しなくちゃね。だけどメニューにアフタヌーンティーが加われば、売上が少ない問題も解決できそうだ。

「あとは、お店を存続させたいっていう想《おも》いが伝わるような文章を作成しなきゃならなくて……」

「オッケー。それなら任せてよ。クラファンのページって写真も載せられるみたいだね。美宙さんはクラファン用の写真を撮影しといて。僕は文章を書いておくから」

「ありがとう、助かるよ細川君。でも文章を書くことは細川君のお仕事だから、その分のお代はお支払いしたいって思っていて」

「それならお金よりも……」

しばらく考えてから、細川君は言った。

「美宙さんがお店でメニューを試作したり、紅茶を淹れる練習をする時に、気が向いたら僕にも声をかけてよ。試食と試飲がてら……お店で原稿書きたいから」

「そっか、細川君、このお店だと原稿の進みがいいんだったね。そんなことでいいなら喜んで。今度、連絡するね」

「いいの!?」

細川君は瞳を輝かせた。よっぽどお店に来たかったんだな、細川君。もう二度目の休業から二週間以上になるもんね。

数日後、英国喫茶アンティークカップスのクラファンページが公開された。同時にいつものSNSでもクラファンのリンクを貼り、宣伝する。

「ドキドキしちゃうな……。もしかしたら否定的なリプライとか来るかもしれないし」

正直胃が重いし手に汗をかいている。購入型だからただ寄付を募っているわけではないけれど、普段応援してくださる方々から見てクラウドファンディングを募ることがネガティブなことと受け取られるんじゃないかという不安が拭えない。

だが、まだSNSに投稿して数分もしないうちから、クラファン宣伝の投稿が拡散され始め、応援するかのようにいいねもつき始めた。

「あっ、いつもいいねをくださってる方たちだ……」

これなら大丈夫そう!

ほっとした私はスマホを一旦部屋着のポケットに入れ、部屋を出て一階のキッチンへと向かった。クラファンの投稿をするまで落ち着かなくて、起きてからまだ朝食を食べていなかったのだ。

「はあ、なんか気力を使ったせいかすっごくお腹空《なかす》いた……」

私はトーストにケチャップとマヨネーズで縁取りをし、その中に卵を落として胡椒《こしょう》を振り、トースターで焼いた。すっごくお腹が空いた朝は、大抵これを食べる。ただ、卵が程よい半熟になるまでに結構時間がかかるのよねえ。待っている間に紅茶を淹《い》れよっと。

そして出来上がったトーストを食べ終え、ゆったりと紅茶を啜《すす》りながら、私は再びポケットからスマホを取り出した。さっき見た時から三十分くらいしか経《た》ってないけど、さっそく様子が気になってしまったのだ。

SNSを起動し、私は通知の数を見てびっくりした。いつも通知は1とか2とか、多くても4くらいしかなかったのだけれど、通知の数が二桁だったのだ。

「え、なにごと?」

通知欄を見ると、クラファンの投稿がさらに拡散されていいねも大量についていた。さらにそれがきっかけで過去の他の投稿も遡って見てもらえているようで、それらにいいねがついたり、フォロワーが増えたりもしていた。

「とりあえず、反応はいい感じね。良かった」

クラファンのページを見ると、既に数名の方が支援してくださっていて、現在の支援金額三万四千円、と表示され、グラフが少しだけ伸びていた。

「ありがたいなあ、本当に……」

誰かが私のプロジェクトを応援してくれているんだと実感して、思わず瞳が潤む。百万円なんていう目標、達成できるかどうかはわからないけれど、こうして応援してくれる人がいるとわかっただけでも嬉しい。

他のクラファンを見ていて気づいたのだけれど、目標を達成できないプロジェクトもとても多いのだ。それに百万円という目標額は、かなり高額なほうだ。

「もしも達成できなくても……なんとかお金を工面して、最低限トイレだけでも直して、意地でも営業は再開しよう」

お店の存続を願っている人が私以外にもいたんだ。

その事実だけで、気持ちは高揚し、やる気が湧いてきた。

その後も気になって、ちょくちょく私はSNSとクラファンのページをチェックし続けた。クラファンは、みるみるうちに支援金額が増えるというわけにはいかなかったが、SNSの拡散は止まらず、いいねの数も午後には千を超えた。

「わあ……これってもしかして、バズり始めてる?」

そしてその夜、クラファンの投稿へのいいねは一万を超え、フォロワーも千人増えたのだった。

「うっそ……」

あまりのことに、手のひらに汗をかき始めた。こんなに反響があるなんて、思ってもみなかったのだ。

「良かった。これなら少なくともお店の宣伝にはなったみたい」

応援してます、というコメントもたくさんいただいている。

それから一週間後。

なんと、英国喫茶アンティークカップスのクラファンは支援金額百万円を達成し、プロジェクト成功となった。

「うそみたい……」

嬉しくて、すぐに細川君に電話をかけた。

「ねえ、細川君! クラファン達成したよ!」

「おめでとう美宙さん。これでちゃんと水回りを直して、長くお店続けられるね」

「うん、本当に嬉しい！　ありがとう」

そして、いいことはクラファンを達成したことだけではなかった。

アフタヌーンティーを導入するなら予約を入れられるようにしなければと、私はお店の予約ページを作成していた。今は便利な世の中で、飲食店の予約ページも簡単にフォーマットを選ぶだけで無料で作れてしまった。

そして十月以降の予約を入れられるようにしておいたのだけれど、ページを公開した途端、さっそくたくさんの予約で埋まってしまったのだ。


「お母さん！」

私はリビングに勢いよく飛び込んでいった。

「な、なによ急に」

お母さんはびっくりした顔で私を見つめる。その口元は笑っていない。

私がお店を継ぐと言って以来、お母さんとはろくに話していなかった。何をするにも、お母さんは厳しい表情を崩そうとはしなかった。

だけど、そんな生活も今日で終わりだ。

「お母さん、私、クラウドファンディングというのをやってね……」

「はあ？　クラウドファンディング？」

それから私は、一通りのことを説明した。

クラウドファンディングで支援を募り、お店のリフォーム費用を集めたこと。それはたくさんの人がお店の存続を望んでいる証《あかし》であること。SNSでもたくさんのいいねがついて、フォロワーも増えたこと。そしてお店の予約ページを作ったら、すぐに予約が埋まったこと。

そして電卓を片手に、具体的な金額を打ち込んでいく。

「アフタヌーンティーの予約がこれだけ入っているから、目標にしていた以上の売上高を確保できると思う。そうすると大体これくらいの営業利益が見込めるから……。正社員で事務員をしていた時くらいの年収は稼げると思うの。もちろん自営業だし、実際やってみたら金額は前後すると思うけど……」

「そう……」

私の勢いに圧倒されたのか、話をゆっくり理解しているのか、お母さんはしばらくの間、じっと口をつぐみ、ただうなずいていた。

もうひと押しだ！

「お母さん、考えてみたら今まで、無職だし実家だからって甘えてたと思う。売上の見込みも立ったし、なるべく早く営業再開して、家に毎月五万円入れるようにするね。私、頑張るから、お母さんも応援してくれる？」

すると、お母さんは目を瞑《つぶ》った。そしてやがて、しみじみと語り出した。

「あんたが……こんなに積極的に行動するようになるなんてね……。たくさんの人に呼び掛けて、きちんとお店が営業再開できるように考えて、勇気を出して行動したんだね」

「うん。確かに……こんなに積極的に動いたの、生まれて初めてかも」

「わかった」

お母さんは瞼《まぶた》を上げた。

こんなに穏やかなお母さんの顔を見るのは、久しぶりな気がした。

「あんたがお店を継ぐの、応援するよ。だけど、独りで悩みを抱え込んだら駄目よ。何かあったら必ず家族に相談しなさい」

「ありがとう、お母さん」

良かった。

ほっと胸を撫でおろす。

これで実家も、私の「居場所」になった。

居場所って、与えられたり偶然見つけたりするだけのものじゃないのかもな。
自分で行動して生み出すこともできるし、守ることができる時もある。

13　アフタヌーンティー

「うわぁ〜、やっと終わったあ！」

思わず大声でそう叫ぶと、私は伸びをしながら近くの椅子に腰を下ろした。トイレの床にクッションフロアを貼り終えたのだ。ＤＩＹの動画で見た時は簡単そうに見えたのに、実際やるとなるとかなりの手間がかかった。もうクタクタだ。

クラファンで集まったお金と自分のなけなしの貯金を合わせ、なんとかトイレと手洗い場、キッチンの最低限のリフォームはしたが、やはりなるべく経費は浮かせたい状況で、トイレの壁紙と床は自分でＤＩＹすることにした。結構可愛《かわい》い床材があるんだなー。なんて最初は楽しんでいたのだけれど、今はもう、できればこんな作業二度としたくないかも、と思うくらいに疲れた。こういうのをチャチャっと綺麗《きれい》にやっちゃうんだから、やっぱり職人さんはすごいや。

「美宙《みそら》さん、お疲れさまです」

ジャスパーがトレーを手にやって来た。どうやらアイスティーを淹《い》れてくれたみたい。

「ありがとうジャスパー。おかげで、なんとかなったよ」

「いえいえ、わたくしはなにもしておりませんから」

謙遜した様子でジャスパーはそう言ってくれたが、実際にDIYに取り掛かると混乱して「なんか変になっちゃってるよー」などと泣きごとを言い出した私に「ここをこうするのではないですか?」とアドバイスをくれたり、クッションフロアの型紙をとったりシートを切ったりする時、手を添えて手伝ってくれた。もし一人でやったら、こんなに綺麗に貼れたかどうか、怪しい。

「良かったですね。とりあえずこれで、リフォーム完了なのでしょう?」

「そうねえ。リフォームは、ね。でもメニューがまだ」

「アフタヌーンティーのメニューですね」

そうなのだ。私はまだ、アフタヌーンティーのメニューを決めかねている。

今は九月中旬。十月一日から営業を再開しようとしているから、もうあまり日もない。

ちなみに入院中のおじいちゃんは少しずつ回復してきており、このまま順調にいけば近いうちに退院できる見込みらしい。おじいちゃんには営業再開のことも相談し、了承を得た。クラファンの話には驚いていたが、美宙のやりたいようにやってみなさい、と言ってくれた。

アフタヌーンティーは高額なメニューになるので、予約してくださった方をがっかりさせたくない。だが軽食ならまだしも、私にいきなりパティシエみたいなオシャレで美味《おい》しいケーキが作れるわけもない。キャロットケーキなら大得意になったけど！

「私にも用意できて、来た人に喜んでもらえるメニュー……」

ぽつりと私がそうつぶやくと、ジャスパーは言った。

「そう、その気持ちが大事なのですよ、美宙さん。ゲストに喜んでもらいたい、というもてなしの気持ちが何より大事なのです。元々アフタヌーンティーは自宅で友人をもてなすためのものだったのですから、自分なりのもてなしを」

「でもアフタヌーンティーと言ったら華やかなイメージがあるからなあ。もちろんホテルのシェフが作るような洗練された高級なお料理をお客様から期待されているわけでもないだろうけど。なんとか英国喫茶アンティークカップスなりの素敵なアフタヌーンティーを用意しないと」

「そうですね……。ゲストの目線になって考えてみたらいいかもしれませんね」

「ゲストの、目線になって」

想像してみる。

アフタヌーンティーを予約されているお客様たちはみんな、アフタヌーンティーのメニューも知らずに予約してくださっている。それはつまり、アンティークカップスを存続させたいという気持ちやアンティークカップを楽しみたいという気持ちで……つまり、みんなアンティークカップを愛する気持ちで来てくださるってことだ。

そして、そういったお客様のほとんどは、遠方からはるばるいらっしゃる。地元の方々は純粋に喫茶店としてこのお店を利用しているので、通常メニューを頼まれたり、紅茶の回数券を購入された方がほとんどだろう。

ということは、アフタヌーンティーを注文されるお客様は、この土地に旅行するような気分で来てくださっているってこと、か。

「地元の……食材で」

段々、イメージが湧いてきた。

うちの県にも一応、和牛のブランドが存在する。サンドイッチにそのブランド和牛のローストビーフを挟んだら、喜んでもらえるかもしれない。お野菜も地元のものを使うのがいいだろう。

そしてスイーツ。この温泉街のそばに何店舗かスイーツを販売する店は存在する。だがそのほとんどは和菓子屋であり、主に温泉まんじゅうなどを販売しているのだ。

「さすがにアフタヌーンティーで温泉まんじゅうってわけにも」

しかし考えてみたら私、温泉街の最寄り駅近くの商店街をあまり歩いたことがなかった。

英国喫茶アンティークカップスは、駅前の商店街から徒歩で十分ほど離れた場所にあるのだ。駅からも徒歩だと十五分ほどかかる。

なのでほとんどのお客様は、お車でいらっしゃる。だが電車で来た場合でも頑張れば歩けなくもない距離なので、わざわざお店目当てで歩いてきてくださるお客様もいる。

「ちょっと商店街、歩いてみるか。旅行客の目線になって」

そこで何か、発見できるかもしれない。

久々に歩く駅前の商店街。本当に何年振りだかわからないくらいに来ていなかった。

大抵のお店はそのままだけれど、商店街も色々変化してはいるようで、外装がリフォームされていたり、昔あったお店が閉店していたり……。

そして、とある店の前でふと立ち止まった。

「ここ……は？」

この昭和レトロすぎる商店街には似つかわしくない、真っ白い外壁と金ぴかのドアノブがついた大きなガラスドア。水色と白のストライプ柄のオーニングテントが店の前に張り出しているのがとてもオシャレで可愛らしい。洋風な店構えだけど、何屋さんかな？　店先には薔薇《ばら》の鉢植えが置かれている。こぢんまりとした優しいピンク色の上品な薔薇。この薔薇一つをとっても店主のセンスの良さがうかがえる。

このお店、新しく建ったのかなあ。それとも元々あった店をリフォームしたのだろうか？

そもそも、元々ここに何があったのかが記憶になくてわからないけれど。

店先に出された看板にはこう書かれていた。

【PÂTISSERIE　G】

「パティスリー、ジー？」

ガラスドアにそっと近づいて店内を覗《のぞ》く。明るくライトアップされた店内のショーケースには、色とりどりの洋菓子が並んでいる。

「うわあ、素敵なケーキ屋さん……」

きっとここ数年のうちにできたのだろう。さっそく店内に入ってみる。

「いらしゃいませー」

ショーケースの向こうから男性の店員さんが現れた。背が高く、明るい色の髪にはふんわりパーマがあてられ、目鼻立ちも整っている。三十代半ばくらいだろうか。目じりに皺《しわ》が寄っている笑顔もまた、大人の包容力のようなものを感じさせ、よりこの人を魅力的に見せているから不思議だ。

——か、かっこいい。

イケメンだ。この人はイケメンだ。

どうしよう、私イケメンって苦手なのよね。イケメンを前にすると変に緊張してしまって、うまく言葉が出なくなる。

「観光でいらっしゃったんですか？」

店員さんにたずねられ、たじろぐ。

「いえっ、あの……。そうじゃなく……まあまあ近場に……住んでいるというか」

「あ、そうだったんですね。失礼いたしました。ゆっくりご覧になっていってください」

「はい……」

もう店員さんの顔はろくに見られなくなり、私はショーケースに視線を落とした。

そして、あるものに興味を惹《ひ》かれた。

「えっ、名物温泉プリン？」

食い入るように見つめる。すると店員さんがパンフレットを差し出してくれた。

「こちら、当店イチオシの温泉プリンでして……。観光でいらっしゃるお客様はよく買っていかれるんですよ。今、温泉地ごとのご当地温泉プリンが流行《はや》っていまして。当店でも、地元でとれた卵と牛乳を使用して、ここでしか食べられないプリンを手作りしてます」

「そうだったんですね。温泉プリンかあ……」

温泉のご当地プリンが流行りだなんて知らなかった。ここでしか食べられないプリン、旅行で来たお客様には喜ばれるだろうな。

「それとオススメなのが、季節のフルーツを使用した商品ですね。月ごとに替えてるんですが、九月はマスカットのムースケーキと、和梨のタルトをご用意してます」

「こちらのフルーツも地元のものですか？」

「そうですね、マスカットは他県のものですが、和梨は近くの果樹園の梨を使用してます」

「へえぇ……」

——地元の素材を使ったスイーツと温泉プリンをアフタヌーンティー用に卸販売してくれたりするのかな。

でもその前に、まずは味を確認しないと、よね！

「すみません、この温泉プリンと、マスカットのケーキと、和梨のタルトと……」

私は気になったケーキをいくつか注文した。ちょっといっぱい買いすぎたかもしれないけど、どれも美味しそうで食べてみたいものばかりだったのだ。

「ありがとうございます」

ニコニコしながら店員さんは、ケーキを箱に詰め始めた。

「あの、ここのお店っていつ頃から始められたんですか？」

「今年で四年目になりますね」

「そうなんですね。私、しばらくぶりにこちらに戻ってきたので、こんなケーキ屋さんがあるなんて知らなくて。この商店街に新しいお店ができていたなんて、なんだか嬉《うれ》しいです」

「そうでしたか。いやー、見ての通り閑散とした商店街なので、最初はどうなることかと思いましたが、結構地元の方のリピーターが多くて、なんとかやっていけてますよ」

「これだけ素敵なお店ですから……」

「ありがとうございます」

にっこりと、店員さんが微笑《ほほえ》む。やはり……俳優さんかモデルにでもなれるんじゃないかと思うくらいのイケメンだ。この笑顔と美味しそうなケーキだもの、地元の客がリピートしないわけがない。

「あの……お一人でお店やられてるんですか？」

他に店員さんの姿が見当たらないのでたずねる。

「ええ、基本的には一人で。忙しい時には母も手伝ってくれますけどね」

「へえ……」

そうこうしているうちに箱詰めも終わり、私はお会計を済ませて店を出た。

「ぜひまたお越しくださいませー」

私はペコペコとおじぎをしながら店を出る。

——パタン。

「ふぅ……」

なんか、妙な汗をかいてしまった。

だけど、ものすごい収穫があった。

手に持ったケーキの箱を眺める。

さっそく、味を確かめなくっちゃ！

「あ、そうだ。こんなに一人じゃ食べきれないし、せっかくだから細川君《ほそかわくん》にお店来てもらおっと」

私はすぐに、細川君に電話をかけた。

お店に戻って紅茶の準備をしていると、すぐに細川君がやって来た。

「あっ、細川君、いらっしゃーい」

「こんにちは……。ケーキがあるってどういうこと？　美宙さんが作ったの？」

「ううん。実はさっき、久々に商店街に行ったの。そしたら、ケーキ屋さんがあってね」

「ああ、パティスリー・ジーのこと？」

「そうそう！　細川君知ってたんだねぇ」

「まあ、僕駅のそばに住んでるから商店街はよく利用するしね。ここに来る時にも通ってるし」

「そっか、そうだよねー」

最近はすっかり細川君と話すのに慣れてきた。ほとんど友達もいないような状況だし、仕事も辞めてしまったから、もう細川君だけが同年代の打ち解けて話せる相手って感じ。時々お店に呼んでは紅茶を飲んでもらったりお料理の試食もしてもらっているし、逆に細川君がたまたま近くまで来てお店に立ち寄る時もある。

「はい、紅茶どうぞ。今日は入荷したばっかりのアッサムティー。ストレートでも美味《おい》しく飲めるけど、ミルクティーもいいよ」

「ありがとう」

テーブルの上に次々にケーキののった皿を並べていくと、段々細川君の眉間に皺が寄っていく。

「ねえ、こんなに買ったの？」

「うん、だってどれも美味しそうだったし……。実を言うとね、ここのケーキをアフタヌーンティーで出せないかなあって思って。でもお願いする前に、まずは味を確かめておきたいじゃない？」

「なるほどね。それにしても、二人で食べるにも多すぎるような……」

「まあいいじゃない」

「まあいいじゃない……」

細川君は私の言葉を繰り返しつつも事態を受け入れたようだった。細川君ってこだわりが強くて一人が好きなようでいて、わりあいと付き合いがいいのだ。

「それじゃ、いっただっきまーす！　もう、どれにしようか迷っちゃう」

「僕はこのチョコレートケーキがいいな」

「あ、それ私も食べてみたかったから、半分こね」

「えっ……うん」

私はチョコケーキをフォークでサクッと半分くらいのところで分けて取り、口を大きく開けて頬張った。

「おいひぃ」

見た目も綺麗《きれい》だけど、ここのケーキ美味しいじゃない！　チョコが濃厚で程よい甘さだし、スポンジもしっとりふわふわ。

「ナイフで取り分けたりしないんだね」

「いいひゃないの、わらひと細川君ひか、いないんらから」

「食べながら無理して話さなくていいから……」

苦笑しながら、細川君もケーキを小さくフォークで切り分け、口に運ぶ。

「うん、美味しいね。確かにここのなら、間違いないと思うよ。実は今までに何度かここのケーキ食べたことあるけど、どれも良かったんだ」

「そうだったのね～。じゃあさっそく明日にでもご相談にうかがってこようかな。そういえば店員さんがね、とっても腰が低い上に、まるで俳優さんみたいな人だったの。あれならあのさびれた商店街でもやっていけるわけだわって思って」

「俳優さんみたい……そう。イケメンだった？」

「そうそう、イケメンだったのよー。歳《とし》は三十代半ばくらいかな。でも年齢を重ねた感じも素敵で、イケメンで背も高くて、優しげな人だったな～」

「そう……。ゲホ、ゲホゲホッ、グフッ」

「どうしたの細川君、ケーキが気管にでも入った⁉」

「うっ……」

細川君は熱々の紅茶にたっぷりミルクを注ぎ、ごくごく飲み始めた。

「ぷは……。すごく噎《む》せて死ぬかと思った……」

「あはは、慌てて食べなくてもケーキは逃げないから、ゆっくり食べてね」

「ケーキが逃げるなんて、思ってないから」

細川君は、はあ、とため息をもらした。


翌日。さっそく私はパティスリー・ジーへ行き、アフタヌーンティー用にケーキを卸販売してもらいたいと相談した。すると店員さんは快く引き受けてくださった。

「うちのケーキの宣伝にもなりますし。こちらこそ、是非よろしくお願いします」

「わ～ありがとうございます！　本当に助かります。こちらのケーキがあったらアフタヌーンティーが華やかになって、お客様にもご満足いただけると思うんですよ」

「お役にたてて光栄です。……でもそうか、あなたが美宙さんだったんですね。あの喫茶店のことはずっと気になっていたんですよ」

「えっ、私の名前、ご存じなんですか？」

驚いてたずねると、店員さんはハッとした顔になった。

「あっそうだ、まだ名刺もお渡ししていませんでしたね。ちょっと待っていてください」

店員さんは一度厨房《ちゅうぼう》の奥へ引っ込んでから、また戻ってきた。そしてキラキラ笑顔で私に名刺を差し出した。

「申し遅れました。私、パティスリー・ジーの店長、権田兼一《ごんだけんいち》です」

「えっ……と。権田さんって、その、権田酒店とは……ご関係が？」

「はい。あの酒屋の息子なんです。父の兼蔵《けんぞう》がいつもお世話になっております」

そう言うと、兼一さんは嬉しげに微笑んだ。

「あれ、じゃあもしかして、権田さんの、ご長男で？」

「ああ、そうですそうです」

「そうでしたか……」

びっくりして、しばらく口を半開きにしたまま兼一さんを見つめてしまった。

酒屋の権田さんの四十歳の息子……。イメージしてたのと、全然違ったな。

こうして、アフタヌーンティーのメニューも決まり、いよいよ営業再開の準備が整ってきた。まだこのお店はおじいちゃんのお店ではあるけれど、念のため時間のあるうちにと、食品衛生責任者と防火管理者の資格もとった。

「営業再開、待ち遠しいけどドキドキしちゃうなー」

お風呂上がり、ニヤニヤしながらカレンダーを見つめて自室でくつろぐ。十日後にはもう営業再開か……。今週末には両親を招待し、お店でささやかなアフタヌーンティーパーティーをする予定だ。パーティーでは、お店で実際に出す予定のアフタヌーンティーのメニューを振る舞う。今までお世話になった感謝を込めて。そして私はここまでできるようになったよって、安心してもらうために。

「安心か……」

なんだか、心にひっかかっていることがある。

月子《つきこ》おばさんのことだ。

月子おばさん、あの時はあんな言い方していたけれど、本当はおばさんにとってもアンティークカップスは大切な思い出の場所のはずだ。なにせ子供の頃から自分の両親が働いていたお店、なんだもの。

もしかしたら、私が継ぐことでお店の雰囲気が変わってしまうんじゃないかとか、ちゃんとサービスの質を落とさずにやっていけるのかとか、心配しているんじゃないかな。

私がお店を継ぐことに反対したのだって、そういう理由があったのかもしれない。

なんとなく、このままだと嫌だな……。

ちゃんと月子おばさんにも、安心してほしい。

そうだ、今からでも月子おばさんに電話してみよう。お店のアフタヌーンティーパーティーに来ませんか？　って。


月子おばさんに電話をかけるのは緊張する。

今まで月子おばさんは、私にとって近いようで遠い存在だった。

親戚の集まりで年に一度顔を合わせるか合わせないかの仲。

多忙で優秀で美人なおばさんは、どこか人を寄せ付けないような張りつめた空気を纏《まと》っていて、たとえ顔を合わせてもそこまでくだけた話をしたこともなかった。

「もしもし、突然お電話してすみません。美宙です」

「美宙ちゃん……。めずらしいわね、私に何か御用？」

「はい。実は……今度の日曜日の午後に、お店で両親とアフタヌーンティーパーティーをしようと思っているんです。急で申し訳ないんですが、もし予定が空いていれば月子おばさんもご一緒にいかがですか？」

「そうなのね。せっかくのお誘いはありがたいのだけれど、あいにく日曜日は予定が入っているの……。残念だわ。お店のことは私も気になっていたものだから」

「えっ、気にしてくださっていたんですね!?」

驚いてたずねると、月子おばさんは笑いながら言った。

「それはそうよぉ。実は美宙ちゃんがやってるSNSもチェックしているの。クラウドファンディングのことも知っているし……アフタヌーンティーも始めるのよね」

「はい、そうなんです」

「どんなアフタヌーンティーか、気になっていたの。美宙ちゃんが大丈夫なのか……ずっと心配してたのよ」

やっぱり私、月子おばさんに心配させちゃってたんだ。

安心してもらうために、営業再開前に月子おばさんにお店に来てもらいたいな。

私がお店のことを大事に思っていることも知ってもらいたいし、月子おばさんから見た意見も聞きたい。

「あの、日曜日が無理なら他の日でもいいので、是非アフタヌーンティーを召し上がってほしいなって思って……。平日の夜だと難しいですか？」

「そんな、私だけのために用意してもらうのは悪いからいいわよ。お店が営業再開した後に、ちゃんと予約して行くわ」

「いえ、でもできれば、営業再開前にご意見をうかがいたくて」

「なるほどね。だったら……日曜日、早い時間だったら行けるわ。午前中……十時頃から一時間くらいだったら。もちろん兄さんたちとは別でいいわよ。ゆっくり話してる時間もないから」

「ありがとうございます。じゃあ十時頃から、お願いします」

「了解。じゃ、日曜日、楽しみにしてるわね」

月子おばさんとの電話を終えて、ふぅと息を吐く。

ちょっと緊張するなあ。でも、私も楽しみだ。

日曜日。午前十時過ぎに、月子おばさんはやって来た。

「悪いわね、美宙ちゃん。私一人のために早くから準備してもらって」

「いえ、とんでもないです。むしろわざわざ来ていただいて、ありがとうございます」

「じゃあさっそくいただくことにしましょうか。朝食抜きで来たから、もうお腹《なか》ペコペコよ」

「それでは……。カップはどれをお使いになりますか？」

「ああ、そうねえ」

目を細め、月子おばさんはカップボードを目で追う。

そしてあるカップを指さした。

「あのカップにしてちょうだい。上から二段目に置いてある、コールポートのアデレードシェイプ」

「さすが、お詳しいですね」

「そりゃそうよぉ。ここの店主の娘だもの」

そう言って月子おばさんはかすかに口角を上げた。

「お待たせいたしました。アフタヌーンティーセットでございます」

私は三段のケーキスタンドを慎重にテーブルに置いた。

最下段はローストビーフのサンドイッチ。地元の食材のみを使用した、こだわりの一品だ。県内産ブランド和牛のローストビーフを、惜しげもなくたっぷり挟んである。

中段は自家製スコーンとクロテッドクリーム。このスコーンはずっとおじいちゃんが作り続けていたもので、おじいちゃんと同じレシピで作られている。いわばお店の味ってやつだ。

そして最上段はスイーツコーナー。パティスリー・ジー特製の温泉プリンと、季節のフルーツタルト、そしてプチケーキがのせられている。今日は十月の営業再開後にお出しする予定のいちじくのタルトとプチモンブランを特別に兼一さんに作っていただいた。

紅茶はお任せで、とのことだったから、旬のアッサムを淹《い》れた。月子おばさんセレクトのコールポートのアデレードシェイプが、テーブルの上でキラキラと光り輝いている。

コールポートのアデレードシェイプは、とても華やかで美しいロココ調のカップだ。花開くかのように外側に広がったカップの縁をつたうように、金彩で植物が描かれていることが多い。中でも月子おばさんが選んだものは色とりどりの花がハンドペイントで描かれ、クリーム色の彩色がなされたもので、可愛《かわい》らしく心穏やかな印象だ。

カップにそっと口をつけ、一口紅茶を飲んでから月子おばさんは言った。

「美味《おい》しい……。美宙ちゃん、紅茶淹れるの上手だったのね」

感激している月子おばさんの様子を見て、思わずホッとする。

「ありがとうございます。試行錯誤を繰り返して、段々うまく淹れられるようになってきました」

「さて、じゃあまずはサンドイッチからいただいてみるわ」

「ごゆっくり、どうぞ」

月子おばさんはさっそくローストビーフのサンドイッチを頬張る。そして無言のまま、咀嚼《そしゃく》し続《つづ》けている。

はあ、どうかな？　美味しいって思ってもらえるかな。ちょっと緊張する。

「うん……。粒マスタードが効いてて美味しい。このローストビーフがいいわね。美宙ちゃんの手作りってわけじゃないんでしょう？」

「はい、ここから車で二十分のところに道の駅があって、そこの精肉コーナーが結構有名で。その精肉コーナーで取り扱ってる県内産和牛のローストビーフを使ってます」

「そうだったのね。確かにあそこの精肉コーナーってたまにテレビでも取り上げられてるし、いつも賑《にぎ》わっているわよね。だけど、あそこのローストビーフじゃ、結構いいお値段なんじゃないの？」

「そうですね、品質から言えば高いわけじゃないんですけど、安くはないです。でもせっかくアフタヌーンティーを注文されるお客様には喜んでいただきたくて」

「なるほどねぇ。確かにこれなら喜ばれそうだわ。儲《もう》けが出るのか心配だけれど……。お次はスコーンね」

月子おばさんはスコーンに手を伸ばす。そして一口頬張ってから、驚いた顔をした。

「このスコーン、父さんが作るのとそっくり同じ味がするわ」

「それなら良かったです……。同じ味のものが作れるように、結構頑張りました」

「このお店に来るお客様はリピーターが多いから、きっとこのスコーンは喜ばれると思うわ。このお店と言ったら、このスコーンだもの」

ふむふむ、とうなずきながら紅茶を啜《すす》ると、月子おばさんは最上段のスイーツに手を伸ばした。

「温泉プリンねぇ。今はこんなものがあるのね。初めて食べるわ。いちじくのタルトとプチモンブランも美味しそう」

「プリンに使用している卵と牛乳、それからタルトのいちじくとモンブランの栗《くり》は、県内産のものを使用しています」

「へぇ～。遠方からのお客様は喜びそうだわ。でも、このスイーツってケーキ屋さんから仕入れたものよね？」

「はい、駅前の商店街の、パティスリー・ジーさんから仕入れてます」

「それで紅茶の飲み放題付きで、三千円？」

「はい……」

「原価率はどうなっているのかしら……」

私はスマホを開いて原価率を計算した表を画面に表示し、月子おばさんに見せた。

「こうなってます……」

月子おばさんは画面を睨《にら》みながら言った。

「あのね、美宙ちゃん。飲食店の原価率の理想は三十パーセントって言われているのよ。なのにその倍の、六十パーセント近くになっちゃってるわね……」

「そうなんですよね」

「うーん……。売上高は確保できても利益率が低いとね。ここは薄利多売の店とは違って、大人数をさばけるお店でもないから」

「確かに利益率は高くはないんですが、やっぱり単価が高い分、他のメニューよりも粗利額が大きくなるので……」

「だとしてもね。あとここまで食べ進めて思ったんだけれど、量が多すぎるかもしれないわ。ローストビーフのサンドイッチがボリューミーな上にスコーン二つと、プリンにケーキが二つでしょう？　まあ片方はプチケーキだけれど。アフタヌーンティーなんだし、サンドイッチ、もう少しお上品にカットして、食べやすい小ぶりのサイズにしていいと思うわ」

「そうですかね。確かに私も、量が多いのは気になってました」

「そうね、思うに……サンドイッチを減らした分、ミニサラダを添えたらいいんじゃないかしら。食べていると箸休めが欲しくなるっていうか。サラダがあったらリフレッシュできる気がするわ。このあたりの農家さんには都内の一流レストランにも卸している品質のいい彩り野菜を栽培している方もいるから、季節ごとに旬の彩り野菜のサラダをお出ししたら？」

「すごく参考になります。ありがとうございます」

全体的に炭水化物多めで重たいメニューになっちゃっていた気はしていたのだ。旬の彩り野菜のサラダ案は採用しよう。ローストビーフの使用量が半分になることで、少しは原価率も改善されるし。

地元の旬のお野菜で、より華やかにしたいな。さっそくお野菜を探してみなくちゃ。

「まあでも、全体としては合格点ね。こんなに素敵なアフタヌーンティーがこの価格で楽しめるなら、結構お客様も来るんじゃないかしら」

そう言うと、月子おばさんはアデレードシェイプのカップを手に取り、紅茶を啜った。

――やった！　合格って言ってもらえた！

思わず小さくガッツポーズを決めて喜んでいた私に、月子おばさんは微笑《ほほえ》みながら言った。

「美宙ちゃん、このお店の雰囲気を大事にして引き継いでくれるつもりなのね」

「あっ、はい！　それはもちろんです。だって私、このお店の雰囲気が大好きだから、お店を継ぎたいって思ったので」

「そっかそっか」

嬉《うれ》しげに、月子おばさんは笑った。

私もほっと胸を撫でおろす。どうやら月子おばさんには安心してもらえたみたい。

晴れ晴れした気持ちになった私は、気になっていたことを聞いた。

「あの、そのカップがお好きなんですか？」

「ええ、そうね。私は昔から、アデレードシェイプのカップが大好きよ。子供の頃にね、特にこのカップばかり使っていたの。このカップを使うと、自分がお姫様になれたような気がしたから……。お店のカップボードを眺めていたらこのカップを見つけて、久しぶりにそのことを思い出したわ」

「そうだったんですね。月子おばさんって……このお店のことが好きだったんですね」

「そりゃあねえ。私にとってこの場所は、たくさんの思い出がある特別な場所だわ」

月子おばさんは想《おも》いを馳《は》せるように、ゆっくりと店内を見回した。

「まあ、私が子供の頃は父さんも母さんもお店が忙しくて、そのせいであまり構ってもらえなかったりもしたけれどね。でも、大事な場所よ。私の人生の一部がここにはあるもの。それに私も、アンティークカップが好きだしね」

それから私は月子おばさんと一緒に紅茶を飲み、談笑しながらアフタヌーンティーを楽しんだ。

「クラファン、すごかったじゃない。まさかあの額を達成できるとは思わなかったわ。あのクラファンのページを読んでいたら、美宙ちゃんのお店に対する熱い思いが伝わってきて、実を言うと結構感動したの。今日のアフタヌーンティーもよく考えられていたし、本気なんだってわかったから……これからは応援するわ。美宙ちゃんのこと心配していたけれど、私が思うより、もうずっと大人になっていたのよね」

「そんな風に言っていただけて、嬉しいです。この前は、せっかくの就職のお話を断ってしまって、すみませんでした。すごくありがたいなって思ったから本気で迷ったんです」

「あの時は私もちょっと意地悪な言い方をしてしまったわ。ごめんなさいね。美宙ちゃんに店を継ぐのを諦めさせるべきだって、思い込んでいたのよ。でもそんなの、私が決めるべきことじゃなかった。美宙ちゃんの人生はたった一度しかない、美宙ちゃんの人生だもの」

——そうだ、たった一度の、私の人生。

今までは、ただ流されるままに、きっとこうあるべきだと思いながら生きてきた。

でもお店を継ぐことに関しては、確かに自分で未来を選び取ったという感覚がある。

そして自分で選択した道を歩き始めた今、自分の人生が新たにスタートを切ったという気がしている。

先が見えない分、ふわふわして不安で落ち着かない。

だけど生きてるって気がする。

私は今、人生で最も価値ある時を過ごしている。そう感じている。


「お店のチラシ、今度作ってよ。社内でバラ撒《ま》くから。あ、そうだ。これ」

月子おばさんはハンドバッグからご祝儀袋を取り出した。

「えっ、あの、これは……」

「美宙ちゃんの人生の新たな門出を祝って。っていうほどの大した額でもないんだけどね、今日はわざわざ私のために朝からアフタヌーンティー用意してもらったし、これはそのお代だと思って受け取って」

「すみません……ありがとうございます」

「じゃ、頑張ってね！」

――カランコローン。

月子おばさんは颯爽《さっそう》と、お店を去っていった。

私はその後ろ姿を、窓越しにじっと見つめながら思う。

これからお店を盛り上げていきたい、売上を確保したいって気持ちもあるけれど、お店の雰囲気を大事にすることも、決して忘れずにいたい。

だってこのお店は、月子おばさんの大切な思い出の場所でもあるんだから。

14 新たなスタートの日

通い慣れた道。私は車を走らせる。

このボロい軽自動車とも、だいぶ仲良くなった。田舎で暮らすには必要不可欠だからと、特にこだわりもなく安さだけで選んだ車だったけれど、ハンドルカバーもつけたし後部座席にはお気に入りのテディベアも座らせてあり、私の車らしくなってきた。小豆色をした車体も、今となっては愛着が湧いている。

いつもの信号、いつものカーブ、いつもの交差点。

すっかり見慣れた、英国喫茶アンティークカップスの看板。

「わー、ついに今日からか」

そんなことを考えながら、砂利敷きの駐車場に車を止め、店へと歩き出す。

ザクザク砂利を踏みしめながら、薔薇《ばら》のステンドグラスがはめ込まれたチョコレートみたいなドアの前まで歩き、立ち止まる。

そこには、すっかり日焼けして変色してしまった「臨時休業」のお知らせが貼られている。

「さて……」

待ちに待ったこの日が来たんだな。

胸に湧き上がる喜びを噛《か》みしめながら、私は貼り紙をベリッと剝がした。

英国喫茶アンティークカップス。

約三ヵ月ぶりに、今日から営業再開だ。

お店の中に入り、さっそく開店準備を始める。

おじいちゃんがいた時とは違って完全に一人でお店を回さなくちゃならないから、きちんとお客様に対応できるように、入念に準備をしておかないと。

あらかじめ作り置きしてあるスコーンを温め、ショートブレッドと一緒にショーケースに並べる。花瓶には昨日のうちに花を活《い》けておいたし、店内のお掃除もバッチリだけれど一応最終チェック。冷蔵庫の中身も一応再度チェック。大丈夫、問題ない。

今日は緊張して、店に来る時間が早すぎてしまった。まだ開店まで一時間以上もある。

一旦、紅茶でも淹《い》れて落ち着くことにした。

お湯を沸かしながら、ボーっと店内を眺める。

「良かった、私ちゃんとこの場所を守れたんだ」

ふいに、そんな独り言をつぶやいた。

まったく、ここ数カ月は色んなことがあった。

私、結構頑張った。反対意見もあったけど、たくさんの人に応援されて、今日この日を迎えることができた。

今回のことで気づいたのは「他人からの意見を絶対だと思わなくてもいい」ってことだ。

確かに他人の言うことに耳を傾けて自分の人生に生かすことは大事だけれど、他人はあくまでもその人から見えている範囲で「こうだ」と感じたことを投げかけるだけ。結局は自分の人生なのだから自分で判断するしかないし、その結果を受け止めるのも責任をとるのも自分自身なのだ。そして、他人の感覚だって、その時その時で変化していく。私の行動を見ていくうちに、お母さんや月子《つきこ》おばさんが意見を変えたように。

そしてそれと同時に、自分の視野を広く持つことも大事だ。

私は東京で、誰とも心のつながっていない日々に疲れ果てていた。でもちゃんと視野を広げて「他に居場所があるはずだ」と思い直したから、絶望してビルのフェンスを越えたりはしなかった。

今まで事務員しかしてこなかった自分にもこのお店が継げるかもしれない、と考えなかったら、このお店はおじいちゃんの体調不良と共に幕を閉じていただろう。

そしてお店を継ぐことに反対したお母さんや月子おばさんは、敵なんかじゃなく、本当に私のことを大事に考えてくれていたんだってことにもちゃんと気づけた。

視野を広くしたら、自分にもできることがたくさんあること、自分が誰かからもらっている想《おも》いがあることに気づくことができる。そしたら世の中や自分の人生を呪わずに、自分の居場所を見つけて前向きな気持ちで歩みを進めることができる。

そして私のこの選択が良かったのか悪かったのか、その結果はこれからこのお店で過ごす時間の中で、良いことも悪いことも、絶え間なく現れ続けていくのだろう。

きっと、今までのようにOLとして働くのとはまた別の大変さがあり、疲弊してしまうこともあるだろう。それでもきっと、私はこの選択をしたことを、後悔はしない。

自分の心がときめくもののために仕事ができるから。大切な居場所を、守れたから。

そんなことを考えているうちに、お湯が沸き始めた。

ポットにお湯を注ぎ入れ、しばらく蒸らす。

「さて、どのカップにしようかな……」

アンフィニッシュドイマリのカップを使うのも好きなのだけれど……。

「そうだ、ティーセットの写真を撮影して、SNSにあげよう。オープン初日だから、華やかさがありつつも爽やかな印象のカップがいいな」

私はカップボードとにらめっこしつつ、ミントン窯のカップを手に取った。

ミントンが得意とするターコイズブルーの彩色と優れた金彩技術でガーランド模様が施され、その下にハンドペイントでローズが描かれている華やかな一客。アンティークカップならではの手の込んだ贅沢《ぜいたく》な装飾を愛《め》でることができる一方で、純粋に「可愛《かわい》らしさ」から思わず手に取ってみたくなるような魅力もある。

選んだカップに紅茶を注ぎ入れ、テーブルの上にセッティングする。奥にポットとシュガーボウルとミルクジャグも、お客様にお出しする時と同じように配置して。

「あとは写真ね」

光の入り具合を調整しながら、スマホで写真を撮る。少し画像の補正を行う。

「うーん！　いい感じ」

自分的に最高の一枚が撮れたので、さっそく情報発信する。英国喫茶アンティークカップス、本日より営業再開です。皆様のお越しをお待ちしております。っと、こんなもんかな。

　すると、朝早い時間にも拘《かか》わらずさっそくいいねがついた。ありがたいことだ。

「さーて、紅茶紅茶」

　淹れた紅茶はダージリンファーストフラッシュだ。若草を思わせるフレッシュな香りとフルーティーな味わい。新たな門出を迎える今日という日に、まさにぴったりの紅茶。

　うん、ここから、頑張ろう。


　再びカウンターに戻り、フードメニューの準備も終え、開店数分前になった。

　――ズザ、ズザ。

　駐車場の砂利を踏む音。このお店に開店時間前から歩いてくる人といったら、あの人しかいない。

　――カランコローン。

「いらっしゃいませー」

　笑顔で、最初のお客様をお迎えする。

「……営業再開、おめでとう」

　そう言って細川君《ほそかわくん》は、色とりどりの花がアレンジされた花籠を、不愛想な顔のまま、ぐいっとこちらに突き出してきた。

「え、ありがとう。いいの？」

細川君が営業再開祝いにお花を持ってきてくれるなんて、にわかには信じられない。そういうことはしないタイプかと思っていた。

「一応、美宙《みそら》さんがマスターになって最初の営業日だし……店が再開してくれて、僕も助かるし。やっぱここじゃないと、原稿はかどらないから」

「これからは週五日営業するから、是非たくさん来てね」

「毎日来るよ。ここが僕の書斎だから」

うっ。細川君って、クールなわりにこういうことは平気で言っちゃうところがあるのよね。

ここが僕の書斎だから、か。

なんだかちょっと照れくさいけど、嬉《うれ》しい言葉。

「お花、受付に飾らせてもらうね」

さっそくもらった花籠をレジの横に飾る。

可愛らしい花籠自体も嬉しいけれど、このお店の営業再開を祝ってもらっているんだということが、すごく嬉しい。

「メニュー表、また新しくなったんだね」

「うん。結構フードメニュー増やしたんだ。キューカンバーサンドも追加しておいたよ」

「えっ、本当に？」

細川君が瞳を輝かせた。

そんなにも好きだったんだ、キューカンバーサンド。

「じゃあ、キューカンバーサンドと紅茶のセットで。紅茶はおまかせで」

「はーい。カップはいつもの？」

「うん」

満足げに微笑《ほほえ》むと、細川君はいつも通りに奥の席へと向かっていく。

するとまた、ドアベルが鳴った。

――カランコローン。

上品な白いブラウスと薄紫色のスラックスにビジューサンダル。

爽やかな装いで、すみれさんがやって来た。

「美宙ちゃん、お久しぶりっ」

「すみれさーん！」

すみれさんの優しげな笑顔を見ただけで、思わず泣きそうになる。

「開店時間に、さっそく来ちゃったわ」

すみれさんはペロッと舌を出した。そして……。

「はいこれ、開店祝い！」

と、大きな大きな胡蝶蘭《こちょうらん》を差し出してきた。

「うわあ、すごく綺麗《きれい》！　ありがとうございます。重たくなかったですか？」

「重たかったわよぉ。七十過ぎのおばあさんが持つものじゃないわね」

そう言ってすみれさんは笑った。

レジ横のスペース、細川君の可愛らしい花籠の隣に、すみれさんからの胡蝶蘭がズデーンと並ぶ。

華やかだなあ。このお店、すっごく祝われてる感ある！

とそこにまた、一人の常連さんが現れた。

――カランコローン。

酒屋の前掛けと、白いTシャツにジーンズ姿。

「権田《ごんだ》さん！」

「よー美宙ちゃん。いよいよ今日からだねぇ。ちょっと待ってな……よっこいしょっと！」

権田さん、一旦店の外に出てから、何か大きなものを抱えて再び戻ってきた。

わあ、大きなフラワースタンド！　スタンドの上に取り付けられたボードには「祝　英国喫茶アンティークカップス様　権田酒店より」と大きく書かれている。

「商店街の奴《やつ》らにはこの店のことバッチリ宣伝しといたからな！」

「ありがとうございます。こ、こんなにも大きなフラワースタンドをいただけるなんて……」

「なあに気にすんな！　商店街の花屋がサービスしてくれてなー」

「ちょっと権田さん」

厳しい顔をしながら、すみれさんがツカツカと、権田さんのほうへ歩み寄っていく。

「こんなに大きなフラワースタンド、お店の中に入れたら邪魔でしょうがないじゃない。ちょっと、細川くーん」

すみれさんが細川君を手招きする。

「……なんですか？」

怪訝《けげん》な顔で返事をした細川君に、すみれさんが言った。

「これ、外に運ぶの手伝ってくれない？」

「ああ、わかりました」

答えると細川君はすっと立ち上がり、足早にフラワースタンドに近づき、ささっと外へと運び出してしまった。

「お、おいちょっと待て。なにすんだ」

権田さんが慌て出す。私も外に出る。

「このへんがいいわね」

すみれさんはお店のドアの隣あたりを指し示し、そこに細川君はフラワースタンドを置いた。

「ほら、ここに置いたら感じがいいでしょ？」

「ほんとですね。確かに、お店の中だと窮屈な感じだったかも」

私は納得してうなずいた。一瞬、お店の趣味と違うから撤去されたのかと思ってしまったのが、なんだか可笑《おか》しくなってきた。

「おいおい脅かすなよー。場所を変えるだけならそう言ってくれぇ」

権田さんもほっと胸を撫でおろしている。きっと私と同じ風に考えていたんだろう。

それから三人はそれぞれテーブルに着き、私は紅茶をお出しした。みんな穏やかな表情で、リラックスして紅茶を楽しんでくれている。

「ほんとに、こうしていると時が戻ったようだわね。何も変わらないもの」

ぽつりとすみれさんがそうつぶやく。

「それはそうですよ、まだ三ヵ月しか経《た》っていないですから」

「美宙さんには感謝だね」

めずらしく、細川君がそんなことを言い出す。

「俺も仕事の合間のオアシスが戻ってきてくれて、ありがてぇなー」

「仕事の合間ぁ？　お茶飲んでる合間に仕事してるの間違いじゃないの？」

すみれさん、また権田さんに手厳しいことを言ってる、と私は思わず笑ってしまった。

「でもねえ、こういう日常って、当たり前のようでいて当たり前じゃないから。こうしてここで紅茶をいただけることに、感謝しなくっちゃね」

「まったくだな……」

二人はそう言うと、しみじみと店を見渡した。

私も、感慨深い。

何のために生きているのかわからないとさえ思って日々を過ごしていたのに、今はこうして自分の意志でおじいちゃんのお店を継いで、この場所を守っていこうとしている。

そうしたいという私の「想《おも》い」があったから、このお店の未来は変わったんだ。

そしてそれによって、このお店を愛してきたたくさんの人にも影響を与えている。

なんだ、ちゃんと生きてて良かったじゃん。

生きてなかったら、今日この場所で、こんなにも満ち足りた気持ちになることもなかったんだから。

――カランコローン。

またドアベルが鳴る。

「いらっしゃいませー」

なかなかドアが開かないようなので、私は駆け寄り、ドアを開けるのを手伝いながらお客様を出迎えた。

すると……。

「美宙、さっそく来ちゃったよ」

そこには、杖《つえ》をついて立つおじいちゃんの姿があった。

「おじいちゃん、もう大丈夫なの？　無理してない？」

「ああ、無理はしていないよ。むしろ長い入院生活で脚の筋肉がすっかり落ちてしまっているから、お医者様からもなるべくリハビリに歩くように言われているんだ」

「それなら良かった」

おじいちゃんを中へ案内する。するとすぐに常連さん三人が立ち上がった。

「香山《こうやま》さんっ！」

「マスター……」

「マスター！　もういいのかい？」

三人が近づくと、おじいちゃんは微笑んだ。

「ご心配をおかけしましたな。もうこの通り、良くなりました」

「本当にもう、一時はどうなることかと！」

そう言いながら、すみれさんは涙ぐむ。

「ははは、確かに三途《さんず》の川《かわ》が見えかけておりましたが……。紅茶の神様に呼び戻されたんでしょうか」

「なんだい、その紅茶の神様ってぇのは！　じゃあ俺には酒の神様がついてんだな。どーりで毎晩飲まねえと落ち着かないわけだ」

「それ、ただ呑兵衛《のんべえ》なだけですよね」

細川君が冷静なツッコミを入れていく。

しばし雑談した後、おじいちゃんは言った。

「いやあ、こうしてお客のようにしてこの店に来るのは、なんだか不思議な感じですなあ」

「あ、そっか。今日からマスターは美宙ちゃんなんだ。そうすっと、マスターのことはなんて呼ぶんだ？」

権田さんがそう言うと、すみれさんは呆《あき》れたような顔で言った。

「普通に香山さん、でいいでしょ」

「香山さん、か。長年マスターって呼んでたから不思議な感じでなぁ。今はマスターって言ったら美宙ちゃんが返事しちゃうもんな」

「あっ、でも、私は雇われマスターなんですよ。一応、経営者はおじいちゃんのままなんです」

「あら、そうだったのね？」

「はい。それに、これからも体調がいい時には、お店のカップの解説員として来てもらうことになっていて」

「てぇことは……香山さんは、何？」

「まあなんでもいいですよ」

おじいちゃんはそう言うと苦笑いした。

「よし、決めた。俺はこれから香山さんのことは、香山先生って呼ぶからな」

「わたくしは呼ばないわ……」

すみれさんは権田さんをうんざりしたような目で見つめる。

「僕も……香山先生って呼ぼうかな」

細川君がそう言ったので、すみれさんは慌て出した。

「へっ？　どうしてよ、細川君」

「だって香山さんだと、美宙さんだって香山さんだから紛らわしいし……。それに、マスターはレジェンドなんで、それなりの称号で呼びたいんです」

「レジェンド？　称号？」

すみれさんは首をかしげる。

「いやーわかるぜ若造。やっぱマスターには格式高い名前でいてもらわなくっちゃな。あぁそうだ、言おうと思ってたんだ……。今度うちの店で日本酒の試飲会やるから来いや。酒に詳しいと女にモテるぞ」

そう言って権田さんは細川君にチラシを手渡した。

「別に僕モテたいわけじゃ……。でも日本酒は興味あるんで、行きます」

チラシを見つめながら、ボソボソした声で細川君が答える。

意外な二人が、意気投合したようだった。


「ふ〜」

初日の営業を終え、閉店作業に入る。今日はまずまずの客の入りだった。開店直後は常連さんやおじいちゃんだけだったけれど、地元の方やクラファンで応援してくださったお客様ですぐに満席に近い状況になり、午後にはアフタヌーンティーを予約されていた遠方のお客様が数組来店してくださった。売上も上々だ。

「あとは床のモップがけとシンクの片づけね……。ちょっとだけ座ろう」

ソファー席に深く腰掛ける。やっぱり久々にお店に立ったから、疲れたなあ。

ふぅ、と息を吐き、目をつむる。

大変だけど、なんとかやっていけそうだな。売上も今日の状態が続けば……。

なんて考え始めていた、その時だった。

どこからか、かすかにピアノの音色が響いてきた。心地よい旋律。まるで生演奏みたいに聞こえるけれど、そんなはずはない。このお店にピアノなんか置いてないのだから。

音は徐々に広がり、それと共に人が会話するような音も聞こえてきた。

——えっ、何の音？　窓の外からしてるの？

人々のざわめき声のような音は、段々近づいてくる。なんだかすぐそばに人の気配も感じる。

——どうして……。

徐々に記憶がよみがえる。

幼い頃にも、よくこんなことがあった。

私がこのお店でうたた寝を始めると、決まって不思議なことが起こったのだ。

ゆっくりと瞼《まぶた》を上げる。

するとそこは、お店の中ではなくなっていた。

きらびやかなシャンデリア、赤いカーペット。広々とした部屋にはいくつもの丸テーブルが置かれ、真っ白いテーブルクロスがかかっている。その上には美味《おい》しそうなごちそうにシャンパン。壁には金色の額縁で飾られた絵がたくさん並べられている。

そして様々な格好をした人々が、グラスを片手に嬉《うれ》しげに談笑している。

コウモリみたいなマントを羽織った男性、桃・ぶどう・プラムの刺繍《ししゅう》があしらわれた金色のドレスを着た女性、薔薇《ばら》のつぼみと葉を胸ポケットに挿している盲目の紳士……。

どこかおかしな人たちばかりがたくさん集まっている。

私には、その人たちがカップなのがわかった。

子供の頃、私がお店でうたた寝すると、夢の中にカップの精霊たちがやって来た。

その時のみんなの姿は今と違って子供だったな。私が子供だったからかもしれない。

そしてみんなで遊んだ。歌ったり、踊ったり、お喋りしたり。

私はみんなが大好きで、みんなも私のことが大好きみたいだった。

「ねぇ、一緒に遊んで。カップボードに座っているだけじゃ、退屈なの」

そう言って、白いワンピースの女の子が私の顔を覗《のぞ》き込《こ》み、笑った。


私にだけカップの精霊が見えているのはきっと、そうして幼い頃に精霊たちと頻繁に遊んでいたからなのだろう。

子供だった私と精霊たちは、まるで幼馴染《おさななじみ》のように親しかった。きっと、人間と精霊という関係にしては親しくなりすぎていたのだ。

だが大人になるにつれ、私の記憶からは不思議と、その事実が抜け落ちていった。

そしてそのすっぽりと抜け落ちた記憶は、押し入れにしまってあった、あのスケッチブックの絵を見た時から、徐々によみがえっていったのだ。

精霊たちは次第に、私が瞼を上げたことに気づき始め、こちらに振り向く。

そしてピアノの演奏が止《や》み、静かになった。

――パチパチパチパチパチ。

拍手をしながら、ジャスパーが奥のテーブルからこちらに歩み寄ってくる。

その後ろにひっつくように、デイジーもやって来た。

つられるように、他のカップたちも拍手を始める。

ジャスパーは穏やかに微笑《ほほえ》み、私の前に跪《ひざまず》いてお辞儀をした。

すると拍手は鳴りやんだ。

「美宙さん、お疲れさまです。本当にみごとな復活劇でした。……驚かせてしまったでしょうか？　皆、どうしても美宙さんに直接御礼《おれい》を申し上げたいとのことで、このような場を設けさせていただきました」

「ちょっとびっくりしたけど……前にもこんなことがあった気がするから大丈夫」

私は苦笑した。そして久々に会うカップの精霊たちをじっくりと眺める。うっすらとしか記憶はないけれど、どこか懐かしい気持ちになる。

「実を言うとわたくしどもカップの精霊はここ数年、お店のお手伝いで莫大《ばくだい》な霊力を使い、皆疲れてヘトヘトでございました。そしてこのお店も我々も先が長くはないのだと、絶望し、諦めかけておりました」

「そうだったの……」

カップたち、そんなにも大変な思いをしていたのね。

「しかしこのお店がまた、このように活気溢《あふ》れる場所としてよみがえるとは。この店のカップ&ソーサーを代表して、心より、深く深く、御礼申し上げます」

「みんなが魅力的だから、久々の営業再開でもお客様に足を運んでいただけたのよ」

「いえ、それだけではありませんよ。美宙さんが相当な努力をされたからです」

「そ、そんなことは……」

なんだかあらたまって言われると、照れくさくて言葉を濁してしまう。でも確かに、勇気を出して自分には無理そうな目標に向かって努力した結果、ここまで来られたのだ。そのことはほんの少し、私の自信になっている。

「美宙……」

ずっと押し黙って暗い顔をしていたデイジーが、口を開く。

「美宙……。ありがとう」

小さな声で、デイジーはそうつぶやいた。

思わず私は立ち上がり、デイジーに駆け寄った。私はこの時を、ずっと待ち望んでいた。

「デイジー」

「ほんとは私だって、美宙にいじわる言いたくなかったよ！　だけど美宙、私のことなんか忘れて、ずっとお店に来なくて……お店のお客さんも減るし……。もうこんな古いカップ、いらないんだって、すっかり諦めた頃に戻ってくるし。今更って思って……」

「ごめんね」

私の胸にすがりつくデイジーを、優しく抱きとめる。デイジーの瞳からはポロポロと涙が零《こぼ》れ落《お》ちる。

「だけど本当は私も、ここがなくなるのは嫌だったの！　美宙が成長して大人になって戻ってきてくれて、またこのお店のこと好きになってくれて……。本当は嬉しかった。すっごくすっごく、嬉しかったよ！」

顔を上げてそう叫ぶと、デイジーはわんわん声をあげて泣きじゃくった。

——これでようやく、元通りだ。

私はほっと胸を撫でおろした。そして子供っぽくてまっすぐなデイジーの背中を優しく撫《な》でる。

「さて、そろそろパーティーを始めましょうか。皆待ちくたびれておりますから。では美宙さんも、グラスをお持ちください」

そばにいた精霊に手渡されたグラスを受け取ると、すぐにジャスパーは乾杯の音頭をとる。

「皆さま、お手元にグラスのご用意はいいですか？　では……我々の前途を祝して、乾杯！」

――乾杯を終えると、再びピアノの演奏が始まった。カップの精霊たちは私のところへ来て話をしたり、嬉しそうにダンスをしたり、歌ったり。それぞれに楽しげに過ごしている。

ああ、私はちゃんと、居場所を見つけられた。

誰かの心が私を求め、私の心も相手を求める。それぞれは全然違っていても、温かく互いを受け入れ合いながら、和やかな気持ちで過ごせる場所。

英国喫茶アンティークカップスは、私にとってそんな場所だ。

そしてそれさえあれば、きっと私はこれからの人生、なんとか歩んでいけるだろう。

あとがき

はじめまして！　このたびは私、猫田《ねこた》パナのデビュー作をお手にとっていただき、ありがとうございます。夢叶《かな》い、ここでこうしてページを開いているあなた様と出会えたことを、心から幸せに思っています。

実を言うと私、あとがきを書くことを結構楽しみにしておりました。なので少々長めになってしまったのですが、お付き合いいただけたら嬉《うれ》しいです。なおネタバレは含みませんので、あとがきを先に読んでも大丈夫です。

人間のコミュニケーションには、様々な方法がありますよね。そしてそれぞれのコミュニケーションの方法ごとに、情報の伝わり方が違っていると思います。

直接会って人と会話することによって、視線や、声の強弱や、顔色や気迫……とにかく様々なものを五感で感じ取ってコミュニケーションをとることにも、それはそれで代《か》え難《がた》い価値があると思います。私は人と会って話すことも好きです。

でも私は、会ったことのない人と文字だけで触れ合うことも好きです。

そこに適度な距離感があることも好きなのかもしれない。だけど文字だけで関わる相手の何が一番良《い》いかというと、その人の魂そのもの、感情そのものが、浮き彫りになって見えてくる感覚があるからです。

エッセイを読んだり、SNSの投稿を読んだり、チャットでやりとりをしたり。相手の姿は見えないのに、実際に会っている人よりも文字でだけ知っている相手のほうが、より自分の心のそばにいるように感じることさえもあります。文字だけの姿になることによって、人は素直になり、本音をさらけ出せるのかもしれません。そして受け手からしても、相手を文字だけの妖精みたいに感じ、心の壁をすっと通り抜けさせやすいのだと思います。

小説っていうのは、さらにそれよりも人との距離をとったコミュニケーション方法だと思います。コミュニケーションと呼んでいいのかどうかもわかりませんが……。でも今まで私は様々な小説を読み、小説の中に、まるで宝石のように純度の高い感情のかけらを見つけ、作者の香りを感じてきました。遠くて近い、そうした距離感が好きでした。落ち込んだ時、居場所が欲しかった時、別の世界へ旅立ちたい時、小説は私に寄り添い、居場所を与え、様々な世界を見せてくれました。

そしてそれを受け取るばかりでなく、私もいつか発信したい、小説を書いて誰かに読んでもらいたい、と思い続けてきました。

小説って、現実とは別の宇宙みたいだなって思います。文字という二次元情報を書き連ねることにより、そこに新たな時空が発生するようなものだと思うのです。

そして誰かが本を開いて読むたび、その宇宙は再現され、気づけば読者はその宇宙の中にいるのです。文字データと読む人間が存在し続ける限りは、どれだけ時を経ても同じようにその宇宙が姿を現し続ける、というのもすごいところです。

物理学の学説に、ホログラフィック理論というのがあります。その理論によれば、私たちのいる宇宙の元となっているのは、宇宙の表面上に記録された二次元データであり、その二次元データを投影したホログラムが宇宙の中身なのだそうです。

それって、文字という二次元データによって小説の時空が存在しているのと似ているなって思うんですよね……よね……よね……よね……。

——えっ、なんなん？　このあとがきの話、小説本編の内容と関係ないし壮大すぎてない？

この猫田パナっていう人、ちょっと頭……おかし……。

いいえ。私は結構大丈夫なので、どうか安心してほしいんです。

本書で夢が叶ったので、小説に対して常々思っていたことをお話ししたい一心で！

つまりそれくらいに、私は自分の小説がこうして出版されたことに価値を感じており、人生で一番くらいに嬉しい、ということをお伝えしたいと思います。


というわけで、このたびは『英国喫茶　アンティークカップス』をお読みいただき、ありがとうございました。

このお話は私の大好きなアンティークカップや紅茶を題材に、書かせていただきました。

私自身、アンティークカップの魅力を知ったのは比較的最近のことなのですが、そこに素晴らしい世界が広がっていることを発見した時には衝撃を受けました。

私がアンティークカップに惹《ひ》かれたのは、ＳＮＳに投稿されたとあるイギリスのアンティークカップの画像を目にしたことがきっかけでした。

その画像を目にした瞬間からあまりの魅力に心を奪われ、毎日毎日そのカップの画像を眺めて「かわいい、かわいい」と言い続け、一週間ほど経《た》ってもそれを繰り返していたので「ああ、これはもう駄目だな、ハマるしかない」と悟りました。そしてイギリスのティーカップに関する本を購入してみると、その歴史がとっても面白くて……。みるみるうちにカップと紅茶の沼にハマっていきました。

窯やデザインごとに個性豊かなカップたち。それぞれ似合う紅茶も違うように感じ、今日はどのカップを使おうかな？　と日々食器棚の前で頭を悩ませています。嬉しい悩みです。

そんなティーカップの魅力を少しでもお伝えできればという気持ちで執筆しました。まだまだ私も足を踏み入れたばかりの沼ではございますが、本作によって読者様を沼に引き込めたなら嬉しいです。既に深い沼人な読者様もいらっしゃるかもしれませんね。本作を楽しんでいただけたなら幸いです。

また本作は、ティーカップの魅力以外にも私が伝えたいことを詰め込んだ作品となりました。そのあたりは本編を読みながら感じていただけたら幸いです。

そして、本書出版に関わってくださった全ての方に、感謝申し上げます。

表紙イラストを描いてくださった、ねぎしきょうこ先生。ラフを拝見した際、あまりの素晴らしさに「ふぉおぉお」と叫んで喜びました。素敵なイラストをありがとうございます。

それから本書出版のために尽力してくださった、担当編集様。不器用な私の小説がこのような形となって刊行できましたのは、担当編集様のおかげです。本当にありがとうございます。

最後に、本書をお読みいただいた読者様に、心より感謝申し上げます。

『英国喫茶　アンティークカップス』が、また行きたいお店になれていたなら嬉しいです。

あとがき、長々と失礼いたしました。

それではこのへんで。願わくは、また小説の宇宙でお会いできますように！

令和四年のある春の夜に　猫田パナ

《参考文献》

・Cha Tea 紅茶教室「増補新装版　図説　英国ティーカップの歴史　紅茶でよみとくイギリス史」河出書房新社（二〇一九年）
・Cha Tea 紅茶教室「図説　英国　美しい陶磁器の世界　イギリス王室の御用達」河出書房新社（二〇二〇年）
・和田泰志「アンティーク・カップ&ソウサー」講談社（二〇〇六年）
・小関由美　小澤祐子「英国アフタヌーンティー&お菓子」講談社（二〇一一年）
・斉藤由美「しあわせ紅茶時間」日本文芸社（二〇一五年）

お便りはこちらまで

〒一〇二―八一七七
富士見L文庫編集部　気付
猫田パナ（様）宛
ねぎしきょうこ（様）宛

富士見Ｌ文庫

英国《えいこく》喫茶《きっさ》　アンティークカップス
心《こころ》がつながる紅茶専門店《こうちゃせんもんてん》

猫田《ねこた》パナ

2022年６月15日　初版発行

発行者　青柳昌行
発　行　株式会社 KADOKAWA
〒102-8177　東京都千代田区富士見2-13-3
電話　0570-002-301（ナビダイヤル）

印刷所　株式会社暁印刷
製本所　本間製本株式会社
装丁者　西村弘美

定価はカバーに表示してあります。　◇◇◇

●お問い合わせ
https://www.kadokawa.co.jp/（「お問い合わせ」へお進みください）
※内容によっては、お答えできない場合があります。
※サポートは日本国内のみとさせていただきます。
※ Japanese text only

ISBN 978-4-04-074569-5 C0193

真夜中のペンギン・バー

著／横田アサヒ　イラスト／のみや

小さな奇跡とかわいいペンギンが待つバーに、いらっしゃいませ。

高校時代からの想い人と連絡が取れなくなった佐和は、とあるバーに踏み入れる。その店のマスターは言葉をしゃべるペンギン!?　驚きとキラキラ美しいカクテル、絶品おつまみに背中を押されて――。絶品の短編連作集

【シリーズ既刊】1～2巻

富士見L文庫

せつなの嫁入り

著／黒崎 蒼　イラスト／AkiZero

座敷牢で育つ少女は、決して幸せに
結ばれることのない「秘密」があった――

華族の父親に嫌われ、座敷牢で育った少女・せつな。京の都に住むあやかし警邏隊・藤十郎のもとへ嫁ぎ、徐々に二人は好き合うようになる。だがせつなには決して結ばれることのない、生まれもった運命があった。

【シリーズ既刊】1～2巻

富士見L文庫